Hanns Maria Truxa

Marie Edle von Pelzeln (Emma Franz)

Ein Beitrag zur Literaturgeschichte Österreichs

Hanns Maria Truxa

Marie Edle von Pelzeln (Emma Franz)
Ein Beitrag zur Literaturgeschichte Österreichs

ISBN/EAN: 9783743378315

Hergestellt in Europa, USA, Kanada, Australien, Japan

Cover: Foto ©Andreas Hilbeck / pixelio.de

Manufactured and distributed by brebook publishing software
(www.brebook.com)

Hanns Maria Truxa

Marie Edle von Pelzeln (Emma Franz)

Marie Edle v. Pelzeln

(Emma Franz).

Ein Beitrag zur Literaturgeschichte Österreichs.

❖

Von

Dr. Hanns Maria Truxa,

kaiserlicher Rath, Secretär der k. k. priv. Kaiser Ferdinands-Nordbahn, Ritter des großherzoglich toscanischen Civil-Verdienst-Ordens, Inhaber der kais. österr. goldenen Medaille „Viribus unitis" und des päpstlichen Ehrenkreuzes „Pro Ecclesia et Pontifice", Bürger von Wien, Vicepräsident des unter dem Protectorate des Großherzogs Ferdinand IV. von Toscana stehenden österreichischen Volksschriftenvereines.

Mit einem Porträt, einer Abbildung und drei bisher ungedruckten Novellen aus dem literarischen Nachlasse Marie von Pelzeln's.

Wien, 1895.

Von Carl Fromme, Buchdruckerei, VII. Bandgasse 41.

Des Glöckleins Botschaft.

Weißt du mir den Klang zu deuten? —
Eines Glöckleins Stimme schallt,
Aber von den vielen Leuten
Keiner weiß, woher es hallt.

Keiner nimmt sich Zeit zu fragen,
Was das Glöcklein leise spricht;
Zu des Marktes wildem Jagen
Dringt des Himmels Stimme nicht.

„Blume, sag', du wirst es wissen!"
Veilchen spricht mit süßem Mund:
„Über einer Schwester schließen
„Sie der Erde kühlen Grund."

Lilie mit sanftem Leben
Haucht ein leises Wort darein:
„Eine Taube gieng im Schweben
„Leuchtend·hell zum Himmel ein."

Und der Rose Blätter rauschen
Duft- und süßgeheimnisvoll;
Doch ich konnt' es nicht erlauschen,
Was aus ihrem Herzen quoll.

Ach ich ahn' es und verhehle
Mir der Blumen Botschaft nicht:
Eine reine Frauenseele
Fand den Weg zum ew'gen Licht.

Eine Seele, stark im Glauben,
Von des Lichtes Kuß beglückt,
Die der Hoffnung reine Tauben
In die kalte Welt geschickt.

Die voll Liebe, still geschäftig
An der Wahrheit Kleid gewebt
Und, was schön sie webte, kräftig
Hat empfunden und gelebt.

Dieses, also will mir scheinen
Wird des Glöckleins Botschaft sein:
Daß der Erde Engel weinen,
Die des Himmels, sich erfreu'n.

Am Todestage Marie v. Pelzeln.

Franz Eichert.

Die vaterländische Literatur hat einen neuen schmerzlichen Verlust zu verzeichnen. Marie Edle von Pelzeln, die zartsinnige Schriftstellerin, welche unter dem Pseudonym Emma Franz durch mehr als dreißig Jahre literarisch thätig war und welcher das vom Historiker Freiherrn von Helfert redigierte „Österreichische Jahrbuch", sowie die vom Österreichischen Volksschriftenvereine bis 1876 herausgegebenen „Abendstunden" und zahlreiche Zeitschriften des In- und Auslandes manch herrliche Blüte ihres edlen Geistes zu verdanken hatten, ist ihrer am 3. Jänner 1893 verblichenen trauten Jugendfreundin und literarischen Genossin Hedwig Wolf*), mit welcher dieselbe durch die innigsten und zartesten Freundschaftsbande verbunden war, zum großen Leidwesen der katholischen Literaturfreunde am 25. Juli 1894 in die Ewigkeit nachgefolgt.

Es sei daher gestattet, an dem Sarge dieser um die österreichische Literatur vielfach verdienten Schriftstellerin den schuldigen Tribut dankbarer Verehrung mit folgendem Lebensabriß niederzulegen, da sie gewiß einen Ehrenplatz in der Ruhmeshalle der besten und edelsten Vertreter der Literatur unserer Heimat einzunehmen berufen ist.**)

*) Siehe „Österreichisches Jahrbuch" 1894, pag. 55—92.

**) In ihren gediegenen Recensionen der „Österreichischen Jahrbücher", welche sie seit 1884 im Wiener „Vaterland" zu veröffentlichen pflegte, hat sie stets in warmen Worten der segensreichen Wirksamkeit des Österreichischen Volksschriftenvereines gedacht, welcher ihr hiedurch zu stetem Danke verpflichtet bleibt.

Marie Edle von Pelzeln entstammt sowohl väterlicher- als mütterlicherseits hochangesehenen Familien, welche mehrere auf dem Gebiete der Wissenschaft, der Literatur und der Staatsverwaltung hervorragende, um unser österreichisches Vaterland wohlverdiente Mitglieder zählen, daher die im Anhange beigefügte nach beglaubigten Daten zusammengestellte genealogische Tafel das Interesse unseres vaterländischen Leserkreises anregen dürfte.

Die Familie Pelzeln stammt aus Böhmen und hieß ursprünglich Kožišek (ins Deutsche übersetzt Pelzlein), aus welchem Namen bei der Germanisierung desselben Pelzel entstand. Der Großvater des bekannten böhmischen Geschichtschreibers Franz Martin Pelzel war der Letzte, der sich Kožišek schrieb. Der Bruder des Historikers Franz Martin Pelzel, Regierungsrath Josef Bernhard Pelzel, von Kaiser Franz II. mittels Diplom vom 15. Jänner 1804 in den erblichen Adelstand mit dem Prädicate Edler von Pelzeln erhoben, war der Großvater der Schriftstellerinnen Fanny*) und Marie Edle von Pelzeln (Pseudonym Henriette und Emma Franz). Nach dem Ableben unserer betrauerten Marie ist die noch lebende unverehlichte Schwester Fanny Edle von Pelzeln das letzte Glied dieser wahrhaft edlen Familie, welche mit ihr erlischt.

* * *

Marie Edle von Pelzeln, Tochter des Appellationsrathes Joseph Edlen von Pelzeln und der Caroline Edlen von Pelzeln, gebornen Pichler, erblickte am 4. December 1830 zu Wien das Licht der Welt. Ihr Vater starb, als sie kaum anderthalb Jahre zählte, worauf ihre Großmutter, die bekannte Schriftstellerin Caroline Pichler, geborene von Greiner, und deren Gatte Regierungsrath Andreas von Pichler die tieftrauernde Witwe und deren Kinder August, Franziska und Marie in ihr Haus aufnahmen. Dort verlebte Marie eine sehr glückliche Kindheit, welcher sie sich oft mit Wehmuth erinnerte. Von Mutter und Großmutter mit der liebevollsten Sorgfalt umgeben und geleitet, immer

---

*) Fanny Edle von Pelzeln (Henriette Franz), geboren zu Wien am 6. December 1826, Verfasserin des Romanes „Der Erbe von Weidenstein" (Verlag von Bachem in Köln, 1885) und zahlreicher anderer Novellen und Erzählungen.

in deren Gesellschaft und in jener ihrer älteren Geschwister, deren Lehr-
stunden sie bald theilte, entwickelte sich frühzeitig ihr lebhafter Geist;
ihre rasche Auffassung und der rege Eifer, sich zu belehren, bereiteten
Mutter und Großmutter, welche sich großentheils mit dem Unterrichte
der Kinder beschäftigten, viele Freude.

Im Hause Caroline Pichlers herrschte, wiewohl sich dieselbe besonders nach dem im Jahre 1837 erfolgten Tode ihres geliebten Gatten
von der Welt mehr zurückzog, ein reges geistiges Leben.*) Ein kleiner,
aber auserlesener Kreis von bedeutenden Schriftstellern und Schriftstellerinnen, von literarisch hochgebildeten Menschen versammelte sich an
bestimmten Tagen der Woche in dem Hause in der Alservorstadt Nr. 109
(jetzt Alserstraße Nr. 26), von welchem wir eine Abbildung bringen. Diese
der Geselligkeit gewidmeten Abende wurden mit Lectüre, mit Gesprächen
interessanten Inhalts, gegenseitigem Gedankenaustausch auf das anregendste
zugebracht, und es wurde allmählich auch den Kindern gestattet, an diesen
genußreichen Abenden theilzunehmen. Dadurch wurde der Sinn für
Literatur und Dichtkunst in Marie frühzeitig geweckt, und ihr tief
poetisches Gemüth fand reichliche Nahrung. Als die Kinder mehr heran-
gewachsen waren, las ihnen die Großmutter ihren letzten Roman, „Die
Zeitbilder", ehe er noch zum Drucke kam und einen Theil ihrer „Denkwürdigkeiten" vor. Um diese Zeit, wohl noch etwas früher, lernte Marie
die in gleichem Alter mit ihr stehende Hedwig Wolf kennen. Durch die
für ihr Alter außerordentlich ernste Freundin wurde Marie noch mehr
zur Lectüre und später auch zu Versuchen, Erzählungen und Gedanken zu
Papier zu bringen, angeregt. Die beiden Mädchen liehen sich gegenseitig
alle Bücher, die sie besaßen, tauschten dann die Meinungen über dieselben
aus und führten Tagebücher, welche sie gelegentlich ihres Zusammenseins
vorlasen. Die innige Gläubigkeit, die Beide beseelte, und ihr glühender

---

*) Von diesem regen geistigen Leben im Hause Caroline Pichlers gibt das
sprechendste Zeugnis der Umstand, daß daselbst unter vielen anderen hervorragenden
Zeitgenossen Männer wie Freiherr von Hormayr, Heinrich von Collin, Zacharias
Werner, die Brüder Alois Wilhelm und Friedrich von Schlegel, Wilhelm von Humboldt,
Theodor Körner, Carl Streckfuß, Clemens von Brentano, Carl Maria von Weber,
Franz Schubert, Franz Grillparzer u. s. w. verkehrten. Siehe „Denkwürdigkeiten aus
meinem Leben" von Caroline Pichler, Band 1—4. Wien 1844. Druck und Verlag
von A. Pichlers Witwe.

Patriotismus trug viel dazu bei, dies Freundschaftsband zu einem unzer-
trennbaren zu gestalten. Auch der beiden Freundinnen Brüder, welche das
Schottengymnasium besuchten, waren Freunde geworden. Auf diese Weise
ergab sich zwischen den Familien Wolf und Pelzeln ein beiden Theilen
erwünschter Verkehr, der sich stets inniger gestaltete und zu einer Freund-
schaft bis an den Tod führte.

Als Marie im 12. Lebensjahre stand, starb ihre Großmutter Caroline
Pichler. Es war der erste große Schmerz, der sie, das heranwachsende
Mädchen, traf. Den Verlust von Vater und Großvater so tief und an-
haltend zu empfinden, war sie, als diese aus dem Leben geschieden, noch
zu jung gewesen.

Noch in zartester Jugend, wo Mädchen den Eintritt in die Welt
und deren Vergnügungen zu begehen pflegen, vertiefte sie sich in das
Gebiet der Poesie und gab ihrer Liebe zu dieser in mehrfachen bescheidenen
Versuchen Ausdruck. Da letztere bisher, nur in ihren Tagebüchern und
schriftstellerischen Aufzeichnungen vorhanden, noch nirgends veröffentlicht
wurden, wollen wir hier einige Proben, welche aus den Jahren 1845
bis 1847 stammen, als Marie im Alter von 15 bis 17 Jahren stand,
folgen lassen.

Erdenlos.
(1845.)

Hier auf dem grünen Rasen
Spielt lächelnd froh ein Kind,
Es freut sich der bunten Blumen
Umsäuselt von kühlem Wind.

Es freut sich des Tropfen Thaues,
Der auf den Blättern ruht,
Es freut sich des grünen Laubes
Und der Morgenröthe Glut.

Auch du wirst einst verblühen
Und welken krank und matt
Und Thränen wirst du weinen,
Den Thau auf welkem Blatt!

Ach sterben werden die Blätter,
Die um dich sprossten grün,
Die Morgenröthe des Glückes
Wird dir vorübersieh'n!

Waldfriedhof.
(1845.)

Friedensort, in deſſen Räumen
Manch' gebrochene Herzen träumen,
Nimm mich auf zur ſtillen Ruh'!
Leiſ' deckſt du die Lebensſatten
Sanft mit weichem grünen Matten
Und mit bunten Blumen zu.

Schlafen möcht ich, bin ſo müde,
Nimm mich auf, du tiefer Friede,
Kühle mir das matte Haupt.
Mach' vergeſſen mich die Leiden,
Mach' mich träumen von den Freuden,
Die das Leben mir geraubt.

Wenn der Sturm ſich will erheben
Und die Tannenwipfel beben,
Wenn die Blitze flammend glüh'n,
Wenn Gewitterwolken grollen,
Wenn die lauten Donner rollen
Und der Regen rauſcht dahin,

Dann nach Sturm und nach Gewitter
Blickt der Mond auf's Friedhofgitter,
Küſſet der Hügel naſſen Saum,
Küſſet die Kreuze und die Steine;
Jede Blume, jede kleine
Wiegt ſein Licht in ſüßem Traum.

Vaterauge, ſtrahle milde
Auf die ſchlummernden Gefilde,
Sende Schimmer deines Lichts;
Blicke auf den grünen Haſen,
Wo die Todten friedlich ſchlafen
Bis zum Tage des Gerichts.

Schöneres Blühen.
(1846.)

Der Sonne heißer, heller Strahl
Beſcheint das ſtille, tiefe Thal,
Die Blumen matt verblühen;
Ach und gar tief, tief iſt ihr Leid,
Vorüber iſt die ſchönſte Zeit,
Der Morgenröthe Blühen.

Still ist's im Thal, der Abend sinkt,
Der Thau im Blumenkelche blinkt,
Die Stern' am Himmel glühen;
Der Mond so bleich herniederscheint,
Die Blumen haben ausgeweint,
Jenseits sie schöner blühen.

Es ist der Tod im Bauernhaus,
Sie tragen die Leiche zur Thür hinaus,
Der Glocke Grabgeläute hallt,
Des Todten Braut weint tief im Wald.

Ach, wenn du ihn liebst, so weine nicht,
Gott rief ihn vom Dunkel ins ewige Licht:
Nur Leben ist traurig -- sterben ist schön --
Ein selig' Erwachen in himmlischen Höh'n

Weihnachtsfest.

(1846.)

O Weihnachtszeit, Weihnachtsfreud',
Du schönstes Fest von allen,
Es glänzt des Christbaums lichte Pracht
Und durch die heil'ge stille Nacht
Hört man die Glocken hallen.

Doch freut mich nicht des Christbaums Licht
Wie in der Kindheit Stunden,
Die Thräne trübt den hellen Blick,
An jene Zeit denk' ich zurück,
Die wie im Traum verschwunden.

O Jugendglück! Dein Sonnenbild
Erlosch im Nebelgrauen,
Verklungen ist des Frohsinns Schall,
Gestorben sind die Freuden all',
Ihr Grab nur darf ich schauen

Der Kindersinn ist lang dahin,
Dahin, und kehret nimmer,
Doch lebt in mir der Andacht Glut,
Des festen Glaubens froher Muth,
O süßer Weihnachtsschimmer!

Spätes Erkennen.
(1847.)

Der Morgen kam gezogen,
Der Sterne Schein erblich,
Am dunklen Himmelsbogen
Zeigt Morgenröthe sich.

Die Sterne all' vergehen
Schaut ich in blassem Schein,
Nur einen sah ich stehen
Im Westen noch allein.

Er blickt mit feuchten Blicken,
Hin auf das Morgenroth,
Dann muß auch er versinken
In dunkle Nacht und Tod.

So schwer ist es, sich trennen,
So tief des Scheidens Weh'
Im seligsten Erkennen,
O Morgenroth — ade.

Am Lilienborn.
(1847.)

Ich geh' im Waldesdunkel
Mit todesmattem Fuß,
Es wehen Abendlüfte
Mir zu den letzten Gruß.

Und lichter wird's und lichter,
Es rauscht und flüstert leis',
Im Mondlicht schimmert magisch
Der Kelche Lilienweiß.

Und süße Engelstimmen
Ertönen durch das Thal,
Im Lilienborn sich spiegelnd,
Erglänzt des Mondes Strahl.

Es sinken mir die Augen,
Die Sinne mir vergeh'n —
Und Engel seh ich winken —
Wie ist doch sterben schön!

Das sturmbewegte Jahr 1848 hatte auf Mariens jugendliches und zartbesaitetes Gemüth einen tiefen Eindruck hervorgebracht. Im Hause der Mutter und Großmutter herrschte ein tief religiöser, echt patriotischer Geist, von welchem auch die drei Geschwister durchdrungen waren. Marie stand damals im 19. Lebensjahre, ein Alter, in dem man besonders lebhaft empfindet. Kein Wunder, daß sie, die mit der Muttermilch die Liebe zum Kaiserhause eingesogen, die andachtsvoll den Erzählungen ihrer Großmutter über die von ihr noch persönlich gekannte große Kaiserin Maria Theresia gelauscht hatte, von den schrecklichen Ereignissen des Jahres 1848 auf das tiefste erschüttert wurde. Auch jetzt fand sie bei ihrer Freundin Hedwig Wolf die größte Sympathie und Übereinstimmung. Die beiden jungen warmfühlenden Mädchen entsetzte der bloße Gedanke an eine Verwirklichung der republikanischen Idee, die sie zur Auswanderung aus dem geliebten Vaterlande gedrängt haben würde. In jener drangvollen Zeit hätten die beiden Mädchen, die im Übrigen alle Tugenden echter Weiblichkeit schmückten und die mimosenhaft vor jeder Berührung mit der Welt zurückschreckten, wohl junge Männer sein mögen, um ihre Liebe für das von inneren Wirren bedrohte Vaterland, für das verehrte Kaiserhaus, den gütigen Monarchen bethätigen zu können.

Diese mit den damaligen extremen Strömungen contrastierende Denkart brachte auch im geselligen Verkehre peinliche Störungen hervor. Was der Großmutter Caroline Pichler ahnungsvoll vorschwebt, wie sie dies in ihren „Denkwürdigkeiten" aufgezeichnet, was ihr Alter vielfach getrübt, war nun über die jüngere Generation hereingebrochen! So trat für die Familie mit ihrer Sinnesweise eine gewisse Isolierung ein; sie fühlte Schmerz, während der größte Theil der sie umgebenden Welt Ursache zum Jubel fand, bis die Schrecken des October hereingebrochen und viele Exaltierte zur Erkenntnis kamen, wohin der Freiheitsrummel geführt.

Der jähen fieberhaften Erregung folgten ruhigere Zeiten. Mariens Bruder hatte das Ziel seiner Wünsche erreicht, sich dem Studium der Naturwissenschaften vollends widmen zu können und erhielt die Stelle eines Praktikanten im k. k. Hof-Naturaliencabinet. Nicht lange sollte die

Ruhe und das glückliche Familienleben ungestört bleiben. Die geliebte Mutter erkrankte gegen Weihnachten 1854 und erlag ihren Leiden am 24. April des darauffolgenden Jahres — ihre tieftrauernden Kinder sahen sich doppelt verwaist.

Noch zu Lebzeiten der Mutter, einige Monate vor ihrem Tode, wurde Caroline Pichlers Haus, an welches sich so theuere Erinnerungen knüpften, von Hofrath Professor Oppolzer angekauft. So schmerzlich es für die Familie war, sich von dem trauten Heim zu trennen, mußte man sich dem Gebote der Nothwendigkeit fügen. In jenen trüben Zeiten waren in Folge des Revolutionsjahres die Häuser sehr im Werte gesunken; viele Wohnungen standen leer oder wurden zu sehr niedrigen Preisen vermiethet. Niemand ahnte damals, daß sich diese Verhältnisse in der Zukunft so günstig für Hausbesitzer gestalten würden. Die drei Geschwister bezogen eine Wohnung in der innern Stadt, und obwohl ihre Verhältnisse nun viel bescheidener waren, verstanden sie es, stets einen Kreis hochgebildeter Freunde bei sich zu versammeln, die alle mit aufrichtiger Liebe und Verehrung an ihnen hiengen. Nun, da die Geschwister im Centrum der Stadt wohnten, konnten sie auch öfter das Theater, insbesondere die Hofoper besuchen, für die sie eine große Vorliebe hatten. Marie war eine durch und durch musikalische Natur und hatte ein so feines Gehör, daß sie einmal gehörte Melodien auf dem Clavier getreu wiederzugeben verstand. Insbesondere waren es die damals durch vorzügliche italienische Sänger in vollendetster Weise aufgeführten Opern Verdis, Bellinis und Donizettis, welche durch ihren Melodienreichthum, ihre poetische ideale Richtung mächtig auf Marie wirkten. Diese Liebe zur edlen Tonkunst, die, wie Shakespeare sagt, allen guten Menschen eigen ist, bewahrte Marie bis in ihr Alter und theilte sie mit ihren Geschwistern und ihrer Freundin Hedwig. Zu einer Zeit, da ihre schwache Gesundheit es ihr nicht erlaubte, oft das Theater zu besuchen und die beiden Schwestern ihre ganze Zeit dem beinahe erblindeten Bruder August widmeten, veranstalteten sie zu Hause musikalische Abende. Ein jüngerer Collège desselben, der über eine herrliche Stimme verfügte, trug Lieder von Schubert, Schumann und Abt vor, während ihn eine Freundin des Hauses und vorzügliche Pianistin begleitete. Diese Abende

waren der größte geistige Genuß für die drei Geschwister und es war
rührend, zu sehen, wie sich ihre Züge verklärten, wenn sie den ewig
jungen Liedern lauschten. Man fühlte es, die Musik galt ihnen als eine
Sprache des Himmels, worin Erinnerung und Verheißung auf ein
besseres Leben zu einem harmonischen Ganzen verschmolz. Ihre große
Vorliebe für die italienische Musik, der ungeheure Ruf, welcher der Oper
Mascagnis „Cavalleria rusticana" vorangegangen war, bewog Marie,
die in den letzten Lebensjahren fast nie mehr das Theater besuchte, einer
der ersten Aufführungen dieser Oper am 8. Mai 1891 in Wien bei-
zuwohnen, und dieser Vorstellung verdanken wir die Entstehung der im
Anschluß mitgetheilten bisher ungedruckten Erzählung: „Cavalleria
rusticana".

Im Jahre 1857 hatte ihre Freundin Hedwig Wolf ihren ersten
literarischen Versuch gemacht und 1861 mit der Herausgabe eines Bandes
ihrer Novellen (bei Schöningh in Paderborn) besten Erfolg errungen.
Nicht lange darauf trat Marie von Pelzeln, welche sich schon seit frühester
Jugend schriftstellerischen Arbeiten zugewendet hatte, mit einer kleinen
Novelle, die in Dittmarsch' Illustriertem Familienbuch im Jahre 1862
erschien, unter dem Pseudonym „Emma Franz" vor die Öffentlichkeit.
In rascher Folge hierauf kamen viele ihrer Novellen in verschiedenen
zumeist hervorragenden katholischen Journalen des In- und Auslandes
zum Abdruck und hatten sich des Beifalles der katholischen Lesewelt
Österreichs und Deutschlands zu erfreuen. Viele ihrer Romane und Erzählungen erschienen im „Vaterland" (Wien), bei Bachem in Köln, in
der „Kölnischen Volkszeitung", im „Österreichischen Jahrbuch" &c. Ein Ver-
zeichnis sämmtlicher Romane und Erzählungen folgt im Anhange.

Nachdem Marie im Herbste 1892 eine schwere Krankheit, welche sie
bis an den Rand des Grabes brachte, glücklich überstanden hatte, schien
es, als werde ihr schwacher Organismus erstarken, aber bald wieder
traten die Erscheinungen einer großen Blutleere an den Tag. Ein ab-
normer Kältezustand, welcher sich immer mehr steigerte, erschwerte ihr
das Leben und machte sie für jede Veränderung des Wetters empfindlich.
Ihre geistige Lebendigkeit litt jedoch nicht unter dem Drucke ihres körper-
lichen Leidens, sie arbeitete mit regem Eifer an ihren literarischen Erzeug-

niſſen und intereſſierte ſich ungemein für alle Erſcheinungen des Bücher-
marktes. Anregende Lectüre und inniger Verkehr mit einem Kreiſe werter
lieber Freunde boten ihr Erſatz für die Entbehrung von Naturſchönheiten
und Muſik, für welch letztere ſie, wie geſagt, die größte Empfänglichkeit
und Vorliebe hatte. Das Augenleiden ihres geliebten Bruders Auguſt,
welches im Jahre 1883 begann und zu den ſchwerſten Beſorgniſſen
Anlaß gab, ihm bald darauf das Leſen und Schreiben unmöglich machte
und ihn zwang, um ſeine Verſetzung in den Ruheſtand anzuſuchen,
laſtete ſchwer auf ihrem Herzen. Ihr ohnedies wohl durch Kränklichkeit
zur Schwermuth geneigte Gemüth empfand aufs tiefſte das Unglück,
das ihn betroffen hatte. Obſchon ſie alle Anſtrengung machte, ihm
durch Geſpräch und Clavierſpiel die Zeit zu vertreiben und ihn aufzu-
heitern, koſtete ihr dies Mühe; ihr ſchwacher Organismus litt unter der
fortwährenden Kränkung und Aufregung, die dieſes Leiden und ein ſpäter
noch hinzugetretenes Fußübel, welches ihn am Gehen hinderte, mit ſich
brachte. Der Tod des Bruders (1891), an welchem Marie mit größter
Zärtlichkeit hieng, ſowie der in Kurzem darauf erfolgte Verluſt ihrer
geliebten Jugendfreundin Hedwig Wolf (1893), die ihr ſo treu während
ihres ſchweren Kummers zur Seite geſtanden und dem kranken Bruder
viele Zeit gewidmet hatte, dies alles erſchütterte vollends Mariens ſchwache
Geſundheit. Der Aufenthalt in guter Luft, auf welchen die Schweſter
Franziska ihre Hoffnung geſetzt, blieb im Sommer 1894 ohne Wirkung.
Sie verfiel in einen beunruhigenden Schwächezuſtand, von deſſen Ge-
fährlichkeit weder ihre Umgebung, noch ſie ſelbſt eine Ahnung hatte,
obſchon die Kranke mit edelſter Selbſtverleugnung, nur um der liebenden
und geliebten Schweſter keinen Kummer zu bereiten, ihr Leiden ertrug
und ihr ſorgfältig verbarg, in welchem Maße ſie litt; ſie ſprach ſich
gegen den Arzt darüber aus, der gegen Andere ſeine ſchweren Beſorg-
niſſe äußerte, aber auch er konnte ein ſo raſch eintretendes Ende nicht
vorherſehen.

Den Abend des 24. Juli 1894 hatte Marie mit ihrer Schweſter
im Garten ihres Landaufenthaltes*) recht heiter zugebracht und noch ein

---

*) Die Geſchwiſter Pelzeln pflegten den Sommer ſeit mehr als zwanzig Jahren
in Döbling zuzubringen und wohnten zuletzt Unter-Döbling, Kreuzgaſſe 20.

2

dem Verfasser vorliegendes Glückwunschschreiben an die ihr eugbefreundete Schriftstellerin Anna Feitzinger zu deren Namenstag gerichtet, dessen zitternde Schriftzüge wohl auf ihren schwer leidenden Zustand schließen lassen. Als sie am folgenden Morgen erwachte, bemerkte Franziska, die im selben Zimmer schlief, daß sie sehr unruhig war und suchte sie zu beschwichtigen; zu ihrem Schrecken antwortete ihr Marie mit Irrereden: mit Mühe war sie zu bewegen, zu Bette zu bleiben und doch äußerte sie den Wunsch, zu schlafen. Sogleich ward um den Arzt gesandt. Während sich die Schwester in Hast ankleidete, sah sie, beständig nach Marie hinüberblickend, daß diese mehreremale das Kreuzzeichen machte und die Hände zum Gebete faltete, und es schien, als sei in diesem Momente ihr Bewußtsein erwacht. Den in Eile herbeigekommenen lang-jährigen Freund und Hausarzt, kaiserlichen Rath Dr. Pollender erkannte sie nicht, während dieser sofort die Größe der Gefahr constatierte. Auf der Schwester Frage, ob man einen Priester rufen solle, gab er bejahende Antwort; der Priester kam, konnte aber nur mehr der Sterbenden die letzte Ölung und die Generalabsolution ertheilen. Kurz nachdem er das Zimmer verlassen, entschlummerte Marie sanft und ohne Todeskampf in echtem und rechtem Gottesfrieden. Ein Herz hatte zu schlagen aufgehört, das von inniger Religiosität erfüllt, mit Eifer gestrebt nach Gottes Willen zu leben, das mit zärtlichster Liebe an ihren Geschwistern und Freundinnen gehangen. Ihre Schwester hat einen unersetzlichen Verlust erlitten. Wer Marie gekannt, wer Gelegenheit hatte, unzählige Beweise ihres liebe-vollen, weichen, für alles Schöne und Edle empfänglichen Sinnes zu erfahren, mußte sich von ihr angezogen fühlen. Trotz ihrer ernsten Richtung, trotz ihres tiefen Empfindens eines jeden Schmerzes und beson-ders desjenigen, der ihre Lieben betraf, trotz der Sorge, welche sie sich häufig wegen dieser machte, war ihr doch oft in ruhigen Zeiten, im engen Familien- oder Freundeskreis eine fast kindliche Heiterkeit eigen, die ihrem Umgang im Gegensatz zu ihrem sonst ernsten Sinn einen besonderen Reiz verlieh. Bezeichnend für das Wesen und den Charakter Mariens und ihrer Geschwister ist es, daß in ihrem Hause die heterogensten Menschen, ja manchmal sogar solche, die sich feindlich gesinnt waren, verkehrten und sie zu ihren Vertrauten machten. Marie war verschwiegen wie das Grab und stets bestrebt, statt, wie dies leider so häufig geschieht, durch Zwischenreden die Zwietracht zu schüren, die feindlichen Parteien zu versöhnen. Sie konnte mit Antigone sagen: „Nicht mit zu hassen, mit zu lieben bin ich da". Eine fast ängstliche Gewissenhaftigkeit, eine außerordentliche Pflichttreue kennzeichnete sie. Jede Verpflichtung, die sie auf sich genommen hatte, führte sie mit Anstrengung aller ihrer Kräfte durch.

Wenn Dankbarkeit eine gewiß rühmenswerte Tugend zu nennen ist, so war dieselbe der Verewigten in hohem Grade eigen. Hatte ihr Jemand eine kleine Aufmerksamkeit erwiesen, so war ihr Herz von Dankesgefühlen erfüllt. Als der Verfasser dieser Zeilen seinen im vorigen Jahrgange des „Österreichischen Jahrbuches" veröffentlichten Aufsatz über Hedwig Wolf als Separatabdruck den Schwestern Pelzeln am Christfeste 1893 unter den Weihnachtsbaum legte, der für Marie der letzte ihres Lebens werden sollte, gab diese durch folgende Zeilen einen schönen Beweis ihrer Dankesgefühle:

Wien, 25. September 1893.

Hochgeehrter Herr kaiserlicher Rath!

Kaum weiß ich Worte zu finden, um Ihnen meinen und meiner Schwester Fanny innigsten tiefgefühlten Dank und unsere Bewunderung auszusprechen. Die Aufopferung und große Mühe, welche Sie der Biographie unserer lieben, unvergeßlichen Freundin gewidmet haben, hat das schönste Resultat erzielt.

Sie wußten mit seltenem Zartsinn und wahrer Vollendung eine treue Schilderung dieser edlen Frauengestalt zu liefern und aus den spärlichen Daten mit Meisterschaft ein lebensvolles Bild zu schaffen. Gott lohne es, daß Sie Ihre geistige Begabung solch edlem Werk geweiht haben. Daß Sie, Herr kaiserlicher Rath, meiner Schwester und mir dies Werk zueigneten, hat uns mit Freude und Rührung erfüllt und wir danken Ihnen aus voller Seele dafür, sowie für die schönen ehrenden Worte, welche diese Zueignung begleiteten.

Mit größter Hochachtung, geehrter Herr kaiserlicher Rath

Ihre ergebenste

Marie von Pelzeln.

2*

Ihre literarische Thätigkeit verließ sie selbst trotz ihrem leidenden Zustande nicht. Noch wenige Wochen vor ihrem Hinscheiden gieng sie mit Liebe und Eifer daran, für das „Vaterland" eine längere Erzählung zu schreiben; sie kam nicht über die ersten Bogen hinaus. Ihr Schwäche-zustand gebot vollständige Ruhe, bis sie die letzte Ruhe fand.[*] Ein alter Freund der Familie äußerte sich so schön in einem Briefe an die trauernde Schwester: „Fromm und milde wie ihr ganzes Leben war auch ihr Tod".

Er hat ein wahres Wort gesprochen.

Eine zutreffende Charakteristik über Marie v. Pelzeln hat die Schriftstellerin Anna Feitzinger (pseudonym E. Laserne) in folgendem Nachruf [**]) geliefert:

„Ein plötzlicher Tod hat die allgeehrte Schriftstellerin Marie von Pelzeln am 25. d. M. dahingerafft. In Döbling, wo vor kaum drei Jahren ihr Bruder, der ausgezeichnete Ornithologe August v. Pelzeln, gestorben ist, hat nun auch sie ihren edlen Geist ausgehaucht, und von namen-losem Schmerze darniedergedrückt, trauert die einzig Überlebende dieser seltenen Geschwister, Francisca v. Pelzeln, an ihrer Bahre.

Aber nicht nur von ihrer treuen Schwester wird Marie v. Pelzeln betrauert: Alle, die sie und ihre vorzüglichen Geistes- und Herzenseigen-schaften gekannt, Alle, die sie unter dem Pseudonym Emma Franz als Schriftstellerin verehrten, werden von ihrem Tode erschüttert sein. Die Leser des „Vaterland" haben durch eine lange Reihe von Jahren Gelegen-heit gehabt, sich an den feinsinnigen, von echt christlichem Geiste durch-wehten Erzählungen der hochgebildeten Schriftstellerin zu erfreuen. Marie v. Pelzeln war eine würdige Enkelin der berühmten Caroline Pichler; ihre Arbeiten waren in dem katholischen Theile Deutschlands ebenso geschätzt

---

*) Sie ruht am Döblinger Ortsfriedhofe, woselbst sie in der Nähe ihres im Tode vorangegangenen Bruders August dem Auferstehungstage entgegenharrt.

Dem Verfasser dieses Lebensbildes war es leider nicht vergönnt, der Dahin-geschiedenen das letzte Ehrengeleite zu geben, da er eben damals anläßlich der in Salz-burg abgehaltenen Generalversammlung der Leo-Gesellschaft von Wien abwesend war, wie auch manche andere Freunde des Hauses auf Sommerferien sich befanden, so daß nur ein kleiner auserlesener Kreis treuer Verwandter und Anhänger die Verblichene zur letzten Ruhestätte geleiten konnte.

**) Vide „Vaterland" Nr. 204, ddo. 27. Juli 1894.

als in Österreich: viele ihrer Novellen sind in der Bachem'schen Novellen-
sammlung erschienen und es wäre wünschenswert, dass auch ihre anderen
Erzählungen in Buchform herausgegeben und so der Nachwelt erhalten
würden.

Mit Marie v. Pelzeln ist eine jener immer seltener werdenden
Frauen dahingeschieden, die hohe Bildung und Talent mit echt christlichem, demüthigem Sinne verbinden und obwohl sie mit ihren Arbeiten
in die Welt hinaustreten, frei sind von allen modernen Emancipations-
bestrebungen. Als Tochter, Schwester, Freundin war Marie v. Pelzeln
von einer seltenen Treue und Selbstlosigkeit; sie war von tiefsinniger
Religiösität und glühender Vaterlandsliebe beseelt; bei der peinlichsten
Pflichttreue und strengsten Rechtlichkeit war sie doch stets von dem Scrupel
gequält, irgend etwas versäumt, Jemand unabsichtlich gekränkt zu haben,
— sie, die stets nach dem Worte des Heilands: „Richtet nicht, auf dass
Ihr nicht gerichtet werdet!" lebte.

Diese Glaubensinnigkeit, die allen drei Geschwistern eigen war,
die sichere Hoffnung auf ein Wiedersehen dort, wo es keinen Tod und
keine Trennung gibt, wird auch der tieftrauernden Schwester der Dahin-
geschiedenen Kraft und Muth geben, diesen schmerzlichen Verlust mit Ergebung zu ertragen.

In allen Anderen aber, die Marie v. Pelzeln gekannt, möge die
Erinnerung an diese reine, edle Frauengestalt, Gutes selbst nach dem
Tode wirkend, fortleben!"   E. L . . . . m e.

* * *

Unter vielen edlen Gestalten, welche neben so manchen kühlen
Herzen und kalten Seelen dem Verfasser dieser Zeilen auf seinem Lebens-
wege begegnet sind und an deren Tugenden und Charakterstärke er sich
in den Wirren und Kämpfen des Tages erquickt und erbaut hat, muss
derselbe in Bezug auf Sanftmuth, Gottvertrauen, Demuth und wahrhaft
christliche Ergebung in Gottes heiligen Willen unbedingt der verewigten
Marie von Pelzeln die Palme zuerkennen. Nie kam ein bitteres Wort
der Klage über ihre Lippen und für wen sie nicht ein Wort des Lobes
und der Anerkennung hatte, über den schwieg sie, mag er noch so viele
Fehler gehabt haben. Fürwahr, eine reine edle Frauengestalt, die ihren
Adel nicht nur im Wappen, sondern ebenso im Herzen und Geiste trug.

Möge diese wahrhaft fromme Christin ihren Lohn, den sie auf Erden nie angestrebt hat, in den lichten Himmelshöhen erlangen und möge das einzige überlebende Familienglied, Franziska von Pelzeln, in nachfolgenden Worten des Dichters Trost und Stärkung finden:

> „Glaube und Hoffnung vereinet mit Liebe,
> Das sind die himmelwärts strebenden Triebe,
> Die uns hier tröstend zur Seite stehen,
> Bis wir uns jenseits einst wieder sehen!"

Stammbaum

der

Familien Pelzeln, Pichler und Greiner.

Stammbaum der Familien

Urgroßvater Pelzel,

aus Böhmen, Geburtsjahr nicht zu ermitteln; dessen Vater
hatte den ursprünglichen Familiennamen Možišek in Pelzel
verdeutscht.

Franz Martin Pelzel,

Geschichtsschreiber,
geb. zu Reichenau in Böhmen
11. November 1735,
gest. zu Prag 21. Februar 1801.

Joseph Bernhard Pelzel,

geadelt mit dem Prädicate „Edler
von Pelzeln", Regierungsrath und
Bancalgefällenadministrator,
geb. zu Reichenau in Böhmen 1745,
gest. zu Wien (nach 1804.)

Joseph Edler v. Pelzeln,

Appellationsrath,
gest. zu Wien 1832.

August Edler v. Pelzeln,

Custos am naturhistorischen Hof-
museum, ornithologischer Schrift-
steller,
geb. zu Wien 10. Mai 1825,
gest. zu Döbling 2. September 1891.

Pelzeln, Pichler und Greiner.

Franz v. Greiner, *deffen Gattin:* Charlotte v. Greiner,
(Sohn eines Stadt-
magistratsbeamten)
Hofrath,
geb. 1730, gest. 1790
zu Wien.

geb. Hieronymus
(Tochter eines aus dem Han-
noveranischen gebürtigen Offi-
ciers im k. k. Regiment Wolfen-
büttel)
geb. 1740, gest. 1815 zu Wien

Andreas Pichler, *deffen Gattin:* Caroline Pichler, geb. v. Greiner.
Regierungsrath,
gest. 1837 zu Wien.

Schriftstellerin,
geb. zu Wien 7. September 1769,
gest. daselbst 9. Juli 1843.

---

deffen Gattin: Caroline Edle v. Pelzeln, geb. Pichler,
gest. zu Wien 24. April 1855.

Franziska Edle v. Pelzeln.
Schriftstellerin,
(Henriette Franz)
geb. zu Wien 6. December 1826.

Marie Edle v. Pelzeln,
Schriftstellerin,
(Emma Franz)
geb. zu Wien 4. December 1831,
gest. zu Döbling 25. Juli 1894.

Adelsbrief des Joseph Bernhard Pelzel

ddo. 15. Jänner 1804.

Wir Franz II., von Gottes Gnaden erwählter Römischer Kaiser, zu allen Zeiten Mehrer des Reichs, König in Germanien, zu Hungarn, Böheim, Dalmatien, Kroatien, Slavonien, Galicien, Lodomerien und Jerusalem, Erzherzog von Oesterreich, Herzog zu Burgund, Lothringen, zu Steyer, zu Kärnten und Krain, Großherzog von Toscana, Großfürst zu Siebenbürgen, Marggraf zu Mähren, Herzog zu Brabant, zu Limburg, zu Luxenburg und zu Geldern, zu Würtemberg, zu Ober und Niederschlesien, zu Mayland, zu Mantua, zu Parma, Plazenz, Guastalla, Auschwitz und Zator, zu Calabrien, zu Bari, zu Montserrat und zu Teschen, Fürst zu Schwaben und zu Charleville, gefürsteter Graf zu Habsburg, zu Flandern, zu Tyrol, zu Hennegau, zu Kiburg, zu Görz und zu Gradiska, Marggraf des heil. Röm. Reichs zu Burgau, zu Ober und Niederlausitz, zu Pont á Mousson und zu Nomeny, Graf zu Namur, zu Provinz zu Vandemont, zu Blankenberg, zu Zütphen, zu Saarwerden, zu Salm und zu Falkenstein, Herr auf der Windischen Mark und zu Mecheln ꝛc. ꝛc.:

Bekennen öffentlich mit diesem Brief, und thun kund Jedermänniglich: Obwohlen die königlich und erzherzogliche Würde und Hoheit darein der allmächtige Gott Uns seiner väterlichen Vorsehung nachgesetzet hat vorhin mit edeln und adelichen Geschlechtern und Unterthanen gezieret ist, so seyn Wir doch gnädigst geneigt: diejenigen, welche gegen Uns und Unser königlich und erzherzogliches Haus mit beständiger Treue und Dienstbarkeit sich hervorgethan und wohlverhalten haben, in höhern Ehren und Würden zu erheben, mithin andere durch dergleichen milde Belohnungen zur Nachfolge guten Verhaltens und Ausübung adelicher Thaten gleichfalls zu bewegen und anzufrischen.

Wenn Wir nun die adelichen guten Sitten, Tugenden, Vernunft, Treue und andere gute Eigenschaften mit welchen Uns Unser lieber, getreuer

niederoesterreichischer Regierungsrath und Bankalgefällen Administrator in
Oesterreich unter der Enns Joseph Pelzel begabt zu seyn angerühmt wurde,
gnädigst betrachtet, besonders aber erwogen haben, daß er Unserm durch
lauchtigsten Erzhause in verschiedenen Kathegorien, in Bankalgeschäften schon
über fünfunddreißig Jahr ersprießliche Dienste leistet, dem Staate in
mehreren Gelegenheiten beträchtliche Vortheile verschaffet und vorzüglich
während des letzten Krieges mit den Franzosen durch sein eifriges, thätiges,
rastloses und kluges Benehmen sich ganz besonders ausgezeichnet und an
durch die volle Zufriedenheit seiner Vorgesetzten und das höchste Wohlgefallen
sich zugezogen hat und endlich in seiner bisherigen Dienstbeflissenheit und
unverlehrten Treue seine noch übrigen Lebenstage zuzubringen des aller
unterthänigsten Erbietens ist, wie er solches auch seinen guten Eigenschaften
nach wohl thun kann mag und soll.

Als haben Wir mit wohlbedachtem Muthe, gutem Rathe und rechtem
Wissen auch aus königlich und erzherzoglicher Machtsvollkommenheit ihm
Joseph Pelzel die besondere Gnade gethan und ihn samt allen seinen ehelichen
Leibeserben und derenselben Erbens Erben männ und weiblichen Geschlechts
absteigenden Stammes für und für in den Grad des Adels erhoben und
gewürdiget auch zugleich der Schaar, Gesell und Gemeinschaft anderer des
heiligen Römischen Reichs dann unserer gesammten Erbkönigreich, Fürsten
thum und Landen recht edelgebohrnen Personen zugefüget, zugesellet und
verglichen, ihm auch das Ehrenwort Edler von Pelzeln beygeleget.

Thun das erheben, setzen und würdigen sie in den Grad des Adels:
Gesellen gleichen und fügen dieselbe wie vorstehet zu der Schaar, Gesell
und Gemeinschaft anderer des heiligen römischen Reichs auch unserer ge
samten Erbkönigreich, Fürstenthum und Landen recht edelgebohrnen Personen.

Bewilligen, gönnen und lassen ihnen zu, daß sie von nun an zu allen
künftigen Zeiten des Ehrenworts Edler von Pelzeln sich gebranchen, sich
also schreiben und nennen können und mögen.

Meynen setzen, ordnen und wollen, daß nun und hinfübro er

Joseph Pelzel Edler von Pelzeln,

seine eheliche Leibeserben und derenselben Erbenserben männ und weiblichen
Geschlechts von Jedermänniglich in allen ehrlichen und adelichen Sachen,
Handlungen und Geschäften geist und weltlichen für adeliche Personen gehalten,
geehret und genennet darzu alle und jede adeliche Ehre, Würde, Vortheil,
Freyheit, Recht und Gerechtigkeiten haben, zu geistlichen Stellen auf denen
Stiftern, hohen und niederen Ämtern und Lehen geist und weltlichen nach
eines jeden Stiftswohlbergebrachten Gewohnheiten aufgenommen werden und
gleich anderen Unseren und des heiligen Römischen Reichs rechtgebohrnen

Lehens Turniers genossen adelichen Personen zu turnieren, Lehen und alle
andern Gerichte zu besitzen, Urtheil zu schöpfen und Recht zu sprechen
würdig, theilhaft und empfänglich sein sollen.

Und zu mehrerer Gezeugniß dieser unserer Gnade und Erhebung in
den Grad des Adels haben Wir ihm, Joseph Pelzel Edlen von Pelzeln
nachfolgendes adeliches Wappen und Kleinod gnädigst verliehen und solches
in das Künftige zu führen erlaubet, als nämlich einen aufrechten oblangen,
unten rund, in eine Spitze zusammenlaufenden blauen Schild, worinnen
ein hoher schroffigter, in Haupten, von zwei nebeneinander stehenden sechs-
eckigten goldenen Sternen begleiteter natürlicher Berg zu sehen ist. Auf
dem Schild ruhet ein rechtsgewendeter, goldgekrönter, benderseits mit einer
blau und gold vermischt herabhangenden Decke bekleideter, mit einem auf-
gethanenen schwarzen Flug besetzter Turnier Helm mit offenem Rost und
seiner goldenen Hals-Kette allermassen dieses adeliche Wappen und Kleinod
in der Mitte dieses, unsers königlich und erzherzoglichen Diploms gemahlen
und mit Farben eigentlich entworfen ist.

Gönnen und erlauben ihm Joseph Pelzel Edlen von Pelzeln
seinen ehelichen Leibeserben und derenselben Erbenserben beyderley Geschlechts,
daß sie das vorbeschriebene adeliche Wappen und Kleinod, nicht minder die
rothe Wachssiegelung von nun an, zu allen künftigen Zeiten in allen und
jeden ehrlich und adelichen Sachen, Handlungen und Geschäften, zu Schimpf
und Ernst, im Streiten, Stürmen, Schlachten, Kämpfen, Turnieren, Ge-
stechen, Gefechten, Ritterspielen, Feldzügen, Banieren, Gezelten aufschlagen,
Insiegeln Pettschaften, Kleinobien, Begräbnissen, Gemählden und sonst an
allen Orten und Enden nach ihren Ehren, Nothdurften, Willen und Wohlgefallen gebrauchen und genießen sollen, können und mögen, jedoch anderen,
so etwa in dem vorbeschriebenen gleiches Wappen und Ehrenwort führeten,
an ihrem Rechte, ohne Nachtheil und Schaden.

Und ergehet solchem nach Unser Gesinnen und Begehren an alle und
jede Kurfürsten und Fürsten, geist und weltliche, Prälaten, Grafen, Freyen,
Herren, Rittern und Knechte, wie Wir denn Unseren nachgesetzten Obrig-
keiten, Inwohnern und Unterthanen wes Würde, Standes, Amts oder
Wesens die immer seyn mögen, hiemit und in Kraft dieses Briefs gnädigst
gebieten, daß sie mehrernannten Joseph Pelzel Edlen von Pelzeln seine
eheliche Leibes-Erben und deren selben Erbens Erben männ und weiblichen
Geschlechts für und für zu allen Zeiten als andern des heiligen Römischen
Reichs, dann Unseren Erbkönigreich, Fürstenthum und Landen rechtgebohrne
Lehens Turniersgenossen, Edelleute, in allen geist- und weltlichen Ständen,
Stiftern und Sachen wie vorstehet annehmen, halten, zulassen, erkennen
und würdigen und sie an oberzählten Unseren Begnadungen und Freyheiten

nicht irren, sondern sie dessen allen ruhiglich gebrauchen, und genießen, nicht weniger bey dem allen von Uns und Unseren Nachkommen, Königen und Erzherzogen zu Oesterreich wegen schützen, schirmen, handhaben und gänzlich dabei verbleiben lassen, dawider selbsten nicht thun, noch das Jemand anderen zu thun verstatten sollen, als lieb einem Jeden seyn Unsern schwern Strafe und Ungnade, und dazu eine Poen von fünfzig Mark löthigen Goldes zu vermeiden, die ein jeder, so oft er freventlich hier wider handelte Uns halb in unsere Kammer und den anderen halben Theil denen Beleidigten unnachläßlich zu bezahlen verhalten seyn solle.

Das meinen Wir ernstlich zu Urkund dieses Briefs besiegelt mit Unserem kaiserlich königlich und erzherzoglich anhangenden größeren Insiegl: Der gegeben ist in Unserer Haupt und Residenzstadt Wien den fünfzehnten Monatstag Jänner, nach Christi Unsers lieben Herrn und Seeligmachers gnadenreicher Geburt im Achtzehnhundert und vierten Unserer Reiche des Römischen und der Erbländischen im zwölften Jahre.

Franz m. p.

Aloys Graf von Ugartn
königlich böhmischer Oberster und Erzherzoglich
Oesterreichischer erster Kanzler.

Franz Graf Woyna.   Joseph Freyherr von der Mark.

Ad Mandatum Sacræ Cæs. Regiæ Majestatis proprium:

Leopold Freyherr von Haan.

Registrirt:
Michael Edler von Senfel.

Bibliographisches Verzeichnis

sämmtlicher Schriften

Marie von Pelzeln's.

1864—1895.

III.
Kleinere Erzählungen und Novellen.

35. Ein verläßlicher Mensch. 1871. (Ebenda.)
36. Das Neuthaler Haus. 1872. Stuttgart. „Buch für Alle".
37. Ein falsches Herz. 1872. Einsiedeln. „Alte und Neue Welt".
38. Vetter Gottfried. 1872. Wien. „Abendstunden".
39. Onkel und Neffe. 1872. Stuttgart. „Buch für Alle".
40. Was ist Ehre? 1872. „Coblenzer Volkszeitung".
41. Gräfin Isabella. 1872. (Ebenda.)
42. Der Caraibe. 1872. (Ebenda.)
43. Die Mühle von Rindberg. 1873. „Wiener Volks- und Wirtschaftskalender".
44. Der letzte Wille. 1873. Trier. „Eucherius-Kalender".
45. Ein effectvoller Brief. 1873. Stuttgart. „Neue illustrierte Zeitung".
46. Netty Genner. 1873. Einsiedeln. „Alte und Neue Welt".
47. Alles für Eine. 1873. „Schlesische Volkszeitung".
48. Die Tochter des Verbrechers. 1873. Wien. „Vaterland".
49. Warum erst jetzt? 1873. (Ebenda.)
50. Unerkannt. 1874. Trier. „Eucherius-Kalender".
51. Morris Norton's Rache. 1874. Breslau. „Schlesische Volkszeitung".
52. Treue Liebe. 1874. Einsiedeln. „Alte und Neue Welt".
53. Die traurige Margareth. 1874. Stuttgart. „Illustrierte Chronik".
54. Eine Entdeckung. 1875. Wien. „Dittmarsch' Novellenalmanach".
55. Mein Bruder. 1875. Wien. „Joh. Nep. Vogls Volkskalender".
56. Arglist und Biedersinn. 1875. Einsiedeln. „Alte und Neue Welt".
57. Des Gewissens Stimme. 1875. Einsiedeln. „Alte und Neue Welt".
58. Zwei Bräute. 1875. „Kölnische Volkszeitung".
59. Des Führers Rache. 1875. Wien. „Abendstunden".
60. Eine schreckliche Erinnerung. 1875. „Wiener Gemeindezeitung".
61. Felice Silvani. 1876. Einsiedeln. „Alte und Neue Welt".
62. Die esthländische Gräfin. 1876. Wien. „Dittmarsch' Novellenalmanach".
63. Der Tag der Erwartung. 1876. (Ebenda.)
64. Karl der Kühne. 1876. Stuttgart. „Familienzeitung".
65. Schneekatherl. 1876. „Kölnische Volkszeitung".
66. Eine Ballnacht. 1876. Wien. „Frommes Kalender".
67. Das grüne Haus. 1877. Wien. „Dittmarsch' Novellenalmanach".
68. Brigitta's Geheimnis. 1877. Würzburg. „Wörls Novellenzeitung".
69. Mißbrauchtes Glück. 1877. (Ebenda.)
70. Nicht die Lerche, 's ist die Nachtigall. 1878. Wien. „Dittmarsch' Novellenalmanach".
71. Die letzte Fahrt. 1878. „Katholische Familienblätter".
72. In der Tiefe verborgen. 1878. Bonn. „Deutsches Vaterland".

73. Der verhaiste Cousin. 1878. Wien. „Die Biene".
74. Schuld und Reue. 1879. „Katholische Familienblätter".
75. Vom Schatten zum Licht. 1879. Würzburg. „Wörls Novellenbibliothek".
76. Josefs Bekenntnis. Preisnovelle. 1879. Steinbrenners Verlag in Winterberg.
77. Das geraubte Kind. 1879. (Ebenda.)
78. Treu der Pflicht. 1880. (Ebenda.)
79. Folgenschwer. 1880. Wien. „Vaterland".
80. Des Opfers Lohn. 1881. Breslau. „St. Hedwigs-Kalender".
81. Der Mutter Geheimnis. 1881. „Ermländer Zeitung".
82. Ehrlich währt am längsten. 1881. Frankes Verlag in Habelschwerdt.
83. Gott verläßt die Seinen nicht. Preisnovelle. 1882. Steinbrenners Verlag in Winterberg.
84. Gottes Gnade führt zum Heil. 1882. (Ebenda.)
85. Neue versöhnt. Preisnovelle. Graz. 1882. Katholischer Preisverein „Styria".
86. Ein nächtliches Abenteuer. 1882. Mainz. „Sterne und Blumen von Laicus".
87. Das Bild der heiligen Jungfrau. 1883. Winterberg. Steinbrenners Verlag.
88. Schiffbruch und Maskenball. 1883. Wien. „Tittmarich' Novellenalmanach".
89. Ein Christgeschenk. 1883. Köln. „Feierstunden".
90. Verschwunden. 1883. Stuttgart. „Neue Welt".
91. Das Riesalehaus. 1884. Carlsruhe. „Badischer Beobachter".
92. Fürchte Gott mehr als die Menschen. 1884. Würzburg. „Wörls Kalender".
93. Von der heiligen Jungfrau beschützt. 1884. (Ebenda.)
94. Malvia Zahen. 1884. Wien. „Tittmarsch' Novellenalmanach".
95. Der schönste Sieg. 1884. Einsiedeln. „Alte und neue Welt".
96. Entrückt. 1884. Breslau. „Schlesische Volkszeitung".
97. {Ein reuiger Sünder. 1884. Steinbrenners Verlag in Winterberg.
{So rächt sich der Christ. 1884. (Ebenda.)
98. Ein vergnügter Tag. 1885. Würzburg. „Wörls Jahresbote".
99. Ein Besuch im Irrenhause. 1885. Wien. „Tittmarsch' Novellenalmanach".
100. Der Pfarrer von Ulmbach. 1885. Steinbrenners Verlag in Winterberg.
101. Der Reinhuberhof. 1885. (Ebenda.)
102. Der verlorene Sohn. 1885. (Ebenda.)

103. Von Gefahren umringt. 1885. Wien. „Vaterland".
104. Veronika. 1885. Salzburg. „Katholische Warte".
105. Beim Sturm auf Belgrad. 1886. Wien. „Österreichisches Jahrbuch".
106. Die Mariencapelle. 1886. Würzburg. „Wörls Liebfrauenkalender".
107. Zwei Brüder. 1886. Steinbrenners Verlag.
108. Flüchtiger Ruhm. 1886. „Katholische Warte" in Salzburg.
109. Im selben Hause. 1886. „Luzerner Vaterland".
110. Der Schatten der Vergangenheit. Wien. 1886. „Vaterland".
111. Ein besiegter Feind. 1886. Solothurn. „Christliche Abendruhe".
112. Der persische Orden. 1886. (Ebenda.)
113. Eine Weihnachtsgeschichte. 1886. (Ebenda.)
114. Eines Dichters Missgeschick. 1886. Stuttgart. „Deutsche Heimat".
115. Verloren und gefunden. 1886. (Ebenda).
116. Durch Gottes Gnade. 1887. Wien. Jarisch' „Katholischer Volkskalender".
117. Eine unheimliche Nacht. 1887. (Ebenda.)
118. Gottvertrauen. 1887. (Ebenda.)
119. Kleine Ursachen, große Wirkungen. 1887. Wien. „Dittmarsch' Novellen-almanach".
120. Versunken. 1887. (Ebenda.)
121. Der Tigertödter. 1887. Würzburg. „Wörls Kalender".
122. Reime und Früchte. 1887. (Ebenda.)
123. Dr. Herbarius. 1887. Solothurn. „Christliche Abendruhe".
124. Der Brillantring. 1887. Salzburg. „Katholische Warte".
125. Der Großonkel. 1887. (Ebenda.)
126. Wohnungscalamitäten. 1887. (Ebenda.)
127. Bei den zwei Raben. 1887. Stuttgart. „Deutsche Heimat".
128. Ihr erster Gatte. 1887. Wien. „Vaterland".
129. Maria Heil der Kranken. 1888. Wien. „Jarisch' Volkskalender".
130. Eine Hochzeitsreise. 1888. (Ebenda.)
131. Ulrike Zwerd. 1888. Mainz. „Laicus Unterhaltungsblätter".
132. Sylvester. 1888. Salzburg. „Katholische Warte".
133. Aus schwerem Traum erwacht. 1888. (Ebenda.)
134. Komödie und Tragödie. 1888. Einsiedeln. Benzigers Verlag.
135. Ein armer Musikant. 1888. (Ebenda.)
136. Am Christabend. 1888. Wien. „Vaterland".
137. Wenn die Noth am größten. 1889. Steinbrenners Verlag in Winterberg.
138. Der Schatz im Walde. 1889. (Ebenda.)
139. Schuld gebiert Schuld. 1889. Freiburg im Breisgau. „Herders Kalender".
140. Richard Wagner. 1889. Stuttgart. „Neue Musikzeitung".

141. Pater Amadeus. 1889. Wien. „Jarisch' Kalender".
142. Ein pflichttreuer Priester. 1890. Steinbrenners Verlag in Winterberg.
143. Rainbrunners Heimkehr. 1890. (Ebenda.)
144. St. Nicolaus. 1890. Mainz. Laicus „Sterne und Blumen".
145. Gesühnt. 1890. Salzburg. „Katholische Warte".
146. Allzu eifrig. 1890. Einsiedeln. Benzigers Verlag.
147. Am Christabend. 1890. „Breslauer Marienkalender".
148. Carmen. 1890. Stuttgart. „Neue Musikzeitung".
149. Eine stürmische Christnacht. 1890. Steinbrenners Verlag in Winterberg.
150. Zwei Pflegebrüder. 1890. (Ebenda.)
151. Der alte Garten. 1890. Frankes Verlag in Habelschwert.
152. Des Försters Christgeschenk. 1890. Verlag von Paul Grüger in Rixdorf.
153. Unter Österreichs Fahnen. 1891. „Österreichisches Jahrbuch".
154. Mathilde. 1891. Mainz. Laicus „Sterne und Blumen".
155. Zum Tode verurtheilt. 1891. Wien. „Vaterland".
156. Erhart Zellner. 1892. „Maurers Rafael-Kalender".
157. Leben um Leben. 1892. Wien. „Jarisch' Kalender".
158. Gottes Wege sind wunderbar. 1892. Würzburg. „Börls Kalender".
159. Unrecht gut gedeiht nicht. 1892. (Ebenda.)
160. Ottos Braut. 1892. Salzburg. „Katholische Warte".
161. Der Pfarrer von Ellingen. 1892. Steinbrenners Kalenderverlag in Winterberg.
162. Belohnte Herzensgüte. 1892. (Ebenda.)
163. So vergalt er ihm. 1892. (Ebenda.)
164. Des Tigers Spiegelbild. 1892. (Ebenda.)
165. Aus ruhmreichen Tagen. 1893. Wien. „Österreichisches Jahrbuch".
166. Einer Mutter Christabend. 1893. Wien. Volkskalender von Maurer.
167. Von Trug umgarnt. 1893. Wien. „Vaterland".
168. Maria Zuflucht der Sünder. 1893. Würzburg. „Börls Kalender".
169. Auf Abwegen. 1893. (Ebenda.)
170. Hans oder Leni. 1893. (Ebenda.)
171. Heimkehr. 1893. Wien. „Interessantes Blatt".
172. Die Marienstatue. 1894. Augsburg. Schmids Verlagsbuchhandlung.
173. Der Schutzpatron. 1894. (Ebenda.)
174. Stefans Reue. 1894. (Ebenda.)
175. Finderlohn. 1894. (Ebenda.)
176. Zwei Freundinnen. 1894. Steinbrenners Verlag in Winterberg.
177. Christliche Liebe. 1894. Salzburg. „Katholische Warte".
178. Ende gut, alles gut. 1894. (Ebenda.)

179. Aus der Schreckenszeit. 1894. Würzburg. „Wörls Jahresbote“.

180. Vom heiligen Joseph beschützt. 1895. Augsburg. Schmids Verlagsbuchhandlung.

181. Schwer versündigt. 1895. (Ebenda.)

182. Der Brandleger. 1895. (Ebenda.)

183. Der Aichinger Sepp. 1895. Würzburg. „Wörls Kalender“.

184. Cavalleria rusticana. 1895. Wien. Verlag von Heinrich Kirsch.

185. Die Alte vom Walde. (Ebenda.)

186. Nicht alles ist Gold, was glänzt. (Ebenda.)

Drei bisher ungedruckte Novellen

aus dem literarischen Nachlasse

Marie von Pelzeln (Emma Franz).

I.

Cavalleria rusticana.

Novellette von Marie v. Pelzeln (Emma Franz).

Sie saßen nebeinander im Wartesalon, er, ein elegant gekleideter Herr, der, obschon über den Frühling des Lebens hinaus, eine interessante Erscheinung war, sie, ein sehr junges Mädchen, das noch mit dem Vertrauen eines Kindes in die Welt blickte, in dessen leuchtenden Augen aber, gleich einer Ahnung, der Ernst des Lebens dämmerte.

Wenn zwei Menschen verurtheilt sind, mehr als eine Stunde auf das Eintreffen eines Zuges zu warten, können sie nichts besseres thun, als die Zeit durch Plaudern verkürzen. Das thaten denn die Beiden auch, obschon sie einander bis heute nie gesehen und keines den Namen des anderen kannte.

Sie redeten von diesem und jenem, endlich gieng das Gespräch auf ein neues Thema, das Theater, über.

Beide schienen sich dafür zu interessieren, wenn auch in verschiedener Weise. Er kannte fast alle Opern des Repertoires, sowie sämmtliche Sänger und Sängerinnen, welche in der Hauptstadt engagiert waren, sie hatte hingegen noch nicht viele Tonwerke und beiweitem nicht alle berühmten Künstler gehört, die im Laufe der letzten Jahre Applaus und Geld in Fülle geerntet hatten; dafür besaß sie aber den Enthusiasmus der ersten Jugend und schwärmte für Poesie und Musik.

„In Ihrer Begeisterung für das Schöne in der Kunst liegt mehr Verständnis, als Sie vermuthen," sagte er, als sie ihrer naiven Bewunderung für manche Meisterwerke der Tonkunst Worte geliehen.

„Ich fürchte, Sie täuschen sich," entgegnete sie, „mir mangelt mitunter, so scheint es, der Sinn für das Schöne völlig. Sie haben den seit kurzem an unserer Opernbühne engagierten berühmten Tenor Robert Hort gehört, sind wohl ein Verehrer desselben?"

„Freilich kenne ich ihn und zähle jedenfalls zu jenen Anhängern," sagte er lächelnd, „das heißt, ich nehme Partei für ihn, ja, ich freue mich

herzlich, wenn er applaudiert und in den Recensionen gelobt wird, folge-
richtig ärgere ich mich, wenn ein boshafter Kritiker ihn tadelt."

„O weh, da darf ich es nicht wagen, mit meinem Urtheil heraus
zurücken," rief sie.

„Reden Sie ohne Scheu," sagte er, „ich verspreche Ihnen, nicht
zornig zu werden."

„Nun wohl. Ich bin mit großen Erwartungen in das Opernhaus
gegangen, um den vielgerühmten Tenor zu hören, und kam völlig enttäuscht
nachhause."

„Inwiefern entsprach Hort nicht Ihren Erwartungen?" fragte er in
ruhigem Tone, aber die Falte des Unmuths, welche sich zwischen seinen
Brauen gebildet hatte, verrieth, daß er bei den Worten des Mädchens
nicht so gleichgültig geblieben war, als er scheinen wollte.

„Er gefiel mir gar nicht."

„Gar nicht? Ah, das ist stark."

„Ich hatte eine klangvolle, weiche Stimme zu hören erwartet und
vernahm ein trockenes sprödes Organ, das bei den schönsten Stellen nicht
zum Herzen sprach. Der Vortrag dünkte mir seelenlos und manierirt — —
aber jetzt zürnen Sie mir wirklich," unterbrach sie sich betroffen, „ich hätte
nicht so unumwunden sprechen sollen, nachdem ich gehört, daß Sie für den
Sänger schwärmen."

„Schwärmen? Nein," unterbrach er sie fast brüsk, „im Gegentheil,
ich finde selbst manches an ihm zu tadeln, aber solch' abfällige Kritik ver-
dient er meines Erachtens doch nicht."

„Mein Urtheil ist ja keineswegs maßgebend," sagte sie kleinlaut.

„Warum hätten Sie verschweigen sollen, daß der arme Hort völlig
bei Ihnen Fiasco gemacht und Sie in jeder Beziehung enttäuscht hat?"

„Nicht in jeder: seine Bühnenerscheinung ist günstig, er ist ein großer,
schöner, junger Mann."

„Schön? jung?" wiederholte er, „da haben Ihre Augen Sie getäuscht.
Hort ist ein Mann meines Alters."

Ida Banner erhob den Blick und heftete ihn auf den Sprecher.
„O nein," sagte sie, „er ist viel jünger."

„Jünger und hübscher," ergänzte er lachend, „offenbar haben Costüme
und Schminke Wunder gewirkt. In welcher Oper haben Sie ihn gehört?"

„In der „Cavalleria rusticana". Ich war verflossenen März in Wien
und habe dort der ersten Aufführung dieser Oper beigewohnt, deren Musik
mich, besonders das Intermezzo, entzückt. Der Abschied Turriddu's von seiner
Mutter, in ergreifender Weise gesungen, hätten mich zu Thränen gerührt.
In meine Vaterstadt heimgekehrt, hörte ich überall begeistertes Lob des neu

engagierten Tenors Robert Hort, und ganz besonders rühmte man mir seine
Leistung in der Oper „Cavalleria rusticana“. Die Krone derselben sei, so
sagte man, der Abschied von der Mutter, in welcher Scene er die Hörer
aufs tiefste rühre.“

„Und Sie waren enttäuscht!“

„In hohem Grad, nicht nur dass die Stimme des berühmten Tenors
einen gläsernen unsympathischen Klang hat, blieb ich auch von der Abschieds-
scene, die mich in Wien so tief ergriffen hatte, völlig ungerührt, aber ich
fürchte, dass Sie mein Urtheil sehr albern finden.“

„Über Geschmacksverschiedenheit lässt sich nicht streiten,“ entgegnete
er, „von mir ist es albern, dass mir das Fiasco, welches Hort bei Ihnen
gemacht, leid thut.“

„Ach, was liegt an meinem Urtheil,“ sagte sie, „trotz meiner Begeisterung für Musik verstehe ich blutwenig davon, während Sie wohl
musikalische Bildung besitzen: Sie sangen vielleicht selbst.“

Jetzt erhellte, einem Sonnenstrahl gleich, der aus Gewitterwolken
bricht, ein Lächeln sein finsteres Gesicht. „Ein wenig,“ sagte er, „aber
deshalb darf ich mir nicht einbilden, die Leistungen Horts richtig zu beur-
theilen, ich bin wohl nicht ganz unparteiisch.“

Ida nahm sich nicht mehr Zeit, diese Rede zu beantworten, das
Eisenbahnsignal ertönte, mit einem freundlichen Gruß verabschiedete sie sich
von ihrem Gefährten und eilte auf den Perron.

In Artberg, dem Ziel ihrer Fahrt, angelangt, wurde sie von ihrer
Tante, bei der sie einige Wochen zubringen sollte, sehr herzlich empfangen.
Das Mädchen war über das zierliche, im Cottage-Stil erbaute Haus, den
reich mit Blumen geschmückten Garten, vor allem aber über den Platz
außerhalb desselben, wo man eine Bank und ein Tischchen angebracht hatte,
entzückt, denn dort genoß man eine wundervolle Aussicht auf die Berge,
von welchen sich sammtgrüne, mit Wiesenblumen geschmückte Rasenabhänge
ins Thal herabsenkten.

Es war Abend. Die Tante spielte im Erkerzimmer mit einer Freundin
bézique. Ida hatte sich in ihre Stube zurückgezogen.

Sie saß auf dem Sofa und schaute träumerisch nach dem Fenster,
vor dem ein Lindenbaum seine Äste ausbreitete.

Aus der Villa jenseits der Straße glänzte Licht. Der Duft von
Lindenblüten strömte süß betäubend durch das Fenster herein. Es war
ringsumher so still, dass das leise Ticken der Uhr hörbar wurde.

Plötzlich erklang, von einer herrlichen Tenorstimme gesungen, die
Siciliana der „Cavalleria ru-ticana“ an das Ohr des Mädchens, das mit

4

Entzücken dem süßen Wohllaut dieser Töne lauschte. Sie kamen aus dem Fenster der Villa gegenüber.

Am folgenden Morgen saß Ida auf ihrem Lieblingsplätzchen außerhalb des Gartens. Der Thau lag noch auf Gras und Busch, die Berge waren in leichte Nebel gehüllt.

Ida hatte den Kopf gesenkt, so daß sie nicht das Herannahen eines Mannes bemerkte. Jetzt blickte sie aber empor und helles Roth übergoß ihre Züge. Sie hatte den Herrn in ihm erkannt, mit dem sie im Warte-salon gesprochen.

Er grüßte und machte Miene vorbeizugehen; plötzlich besann er sich jedoch anders und kam auf Ida zu.

„Sie scheinen erstaunt zu sein, mich hier zu sehen," sagte er, „da wir nicht im selben Waggon fuhren, wußten Sie nicht, daß ich auch auf dieser Station ausstieg, um Baron Rollers Einladung Folge zu leisten.

„Baron Roller ist ja der Besitzer der Villa unserer Cottage gegen-über," sprach sie; „da Sie den Abend dort zubrachten, können Sie mir wohl sagen, wer es war, der gestern die Siciliana der „Cavalleria rusticana" so bezaubernd sang".

Er blickte sie überrascht an und seine Züge farbten sich mit flüch-tigem Roth.

„Hat Hort Ihnen diesmal wirklich gefallen?" fragte er, „denn er war es, der im Salon Baron Rollers die Siciliana gesungen.

„Das ist nicht möglich, Sie treiben Scherz mit mir," rief Ida - „der Sänger von gestern kann nicht derselbe sein, der am sechzehnten April den Turriddu in der „Cavalleria rusticana" dargestellt".

Er machte eine Bewegung der Überraschung.

„Am sechzehnten April sagen Sie?" rief er, „können Sie sich genau entsinnen, daß es an diesem Abend war?"

„Ich weiß es ganz bestimmt".

Er lachte so herzlich, daß das Mädchen, ohne zu wissen warum, in seine Fröhlichkeit einstimmte; sie wurde aber gleich wieder ernst und nicht ganz ohne Empfindlichkeit fragte sie, was ihm in ihrer Rede so komisch gedünkt.

„Sie werden es begreifen, wenn Sie hören, daß Hort am sechzehnten April plötzlich wegen Unwohlsein absagte und der Tenor Erdmann, dem seine Collegen den Scherznamen „das Mädchen für Alles in der Oper" beilegen, für ihn einsprang.

„Irren Sie sich nicht, ist das gewiß?" fragte sie.

„Ich muß es doch am besten wissen, denn ich war an dem genannten Abend sehr leidend und ganz außer Stande zu singen, sonst hätte ich nicht so spät abgesagt".

„Sie? Ich verstehe nicht," stammelte Ida — „Sie sind doch —"

„Ja, ich bin's, Du Unglückselige! — verzeihen Sie mir dieses Citat aus der Almirau, geehrtes Fräulein, es paßte keineswegs, denn ich bin nicht der Räuber Jaromir, sondern der Tenor Robert Hort".

Bestürzt blickte sie empor, plötzlich verhüllten feuchte Schleier ihre schönen braunen Augen und hohes Roth bedeckte ihre Wangen.

„Mein Gott!" sagte sie, „was müssen Sie von mir gedacht haben — von meinem thörichten abfälligen Urtheil   ".

„Das glücklicherweise nicht mir galt," sprach er. „Ich gebe zu, daß ich Ihnen damals zürnte, jetzt aber danke ich Ihnen von Herzen für die lieben Worte, mit welchen Sie meines Gesanges erwähnten. Ein Lob aus Ihrem Munde freut mich mehr, als ich beschreiben kann."

Robert Hort faßte ihre Hand und drückte sie zärtlich an die Lippen.

„Oho, da störe ich," sprach plötzlich eine schnarrende Stimme dicht bei ihm und sich umblickend, sah der Sänger einen geckenhaften jungen Herrn in einem großcarrierten Sommeranzug vor sich stehen, der ein Monocle im Auge, mit malitiösem Lächeln die Beiden musterte.

Hort würdigte ihn keiner Antwort, verbeugte sich, zu dem Mädchen gewendet, und entfernte sich rasch.

Ida fühlte große Entrüstung über den Störenfried, in dem sie Edmund Wartan erkannte, einen Herrn, der ihr diesen Fasching auf dem ersten Ball, den sie besucht, den Hof gemacht. So unerfahren sie war, sah Ida doch ein, daß sie sich verrathen würde, wollte sie ihren Ärger zeigen.

Sie wechselte einige gleichgiltige Redensarten mit dem jungen Mann, dann aber grüßte sie und schlüpfte durch das Pförtchen in den Garten. All' ihr Denken und Fühlen war im Aufruhr. Sie rief sich jedes Wort, das Hort gesprochen, jeden seiner Blicke zurück.

„Ein Lob aus Ihrem Munde freut mich mehr, als ich beschreiben kann," so hatte er gesprochen und mehr als diese Worte hatten seine Augen gesagt. Mehrere Tage verflossen und während dieser Zeit saß Ida oft auf ihrem Plätzchen außerhalb des Gartens und träumte von Horts wunderbarer Stimme, von dem innigen leuchtenden Blick seiner Augen.

So saß sie einmal wieder und dachte an den Sänger, als er plötzlich vor ihr stand.

Er reichte ihr freundlich lächelnd die Hand. „Heute ist Soirée bei Roller," sagte er, „was soll ich dort singen?"

Als der Abend kam, sang er wirklich, was sie gewünscht und Ida lauschte mit Entzücken den süßen Klängen.

Eines Tages wurde ihr anonym ein prachtvoller Blumenstrauß zugesandt. Ida ahnte, wer der ungenannte Spender der reizenden Blüten war, und diese Ahnung wurde ihr fast zur Gewißheit, als abends von der Villa her Robert Horts Stimme ertönte.

Mit schwerem Herzen schied sie von Artberg. Sie hatte dort so beseligende Stunden zugebracht, und konnte sie auch hoffen, in die Stadt zurückgekehrt, den Sänger manchmal im Opernhause zu hören, so mußte sie doch dem Glücke entsagen, mit ihm zu sprechen und seine Augen mit liebeverkündendem Blick auf sich geheftet zu sehen.

Es war im Monat November, daß eine Einladung der Hofräthin Kroner, einer reichen und kunstsinnigen Frau, sie in die freudigste Aufregung versetzte.

Die Dame hatte in ihrem Briefchen erwähnt, daß nicht nur in ihrem Salon das Wunder der Neuzeit, ein Phonograph, produciert werden würde, sondern daß auch der berühmte Tenor Robert Hort versprochen habe, zu kommen und einige Lieder vorzutragen. Mit fieberhafter Ungeduld erwartete das Mädchen diesen Abend, nicht ohne Unruhe sah demselben die Mutter entgegen, der Ida kein Geheimnis aus der in ihrem Herzen erwachten Neigung gemacht hatte.

Voll freudiger Erwartung betrat Ida, ihrer Mutter folgend, den Salon der Hofräthin, in dem schon viele Gäste sich versammelt hatten; aber kaum war sie dort erschienen, als eine Hiobspost dem armen Mädchen gebracht wurde.

„Den Theil des Programmes, welches den Phonographen betrifft, kann ich einhalten," sagte die Hofräthin, „Robert Hort hat aber leider abgesagt, da heute die „Cavalleria rusticana" gegeben wird."

Ida hatte Mühe, ihre tiefe Verstimmung zu verbergen. Neben ihr saß ein geschwätziger bejahrter Herr, der mit Vorliebe Theateranekdoten aus seiner Jugend erzählte.

„Ja, mein gnädiges Fräulein," sagte er, „ich lebte früher in Wien und war dort ein Stammgast der Hofoper. Ich habe alle Berühmtheiten der damaligen Zeit gehört. Da fällt mir eben etwas Komisches bei, das dem Liebling der Wiener, dem poetischen Tenor Ander, passierte. Ich habe den drolligen Vorfall selbst gesehen. Man gab die Oper „Dom Sebastien" und Ander sang eben die schwermüthige Romanze: „Einsam auf Erden steh' ich allein", als, von ihm unbemerkt, eine kleine gelbe Katze, welche sich hierher verirrt hatte, herbeischlich, sich ruhig niedersetzte und scheinbar aufmerksam dem Gesange lauschte. Ander konnte es sich offenbar nicht erklären, wie es kam, daß bei seinen rührendsten Tönen ein vernehmliches Kichern durch das Haus ging."

„Merkwürdig!" sagte Ida, die kaum gehört hatte, was ihr erzählt worden war.

Der redselige alte Herr sah sie erstaunt an, fuhr aber fort zu plaudern.

„Wer hatte gedacht, welch trauriges Los diesem herrlichen Sänger
zutheil werden sollte," nahm er wieder das Wort. „Er verfiel dem Wahn-
sinn, und nie werde ich der letzten Vorstellung vergessen, in welcher er
auftrat. Er sang den Arnold in der Oper „Wilhelm Tell". Seine Stimme
hatte ihren wunderbaren Klang verloren, sein Geist war umnachtet, jeden
Augenblick konnte man erwarten, daß er zusammenbrechen werde. Seine
Partnerin im Duett, die große Sängerin Tustmann, hatte Mühe, ihre
Thränen zurückzuhalten. Diese Bestürzung ergriff die Zuhörer — es war
ein furchtbarer Eindruck. Noch im selben Jahre starb Auder. Was ist die
Bühnenlaufbahn? Glänzendes Elend — nichts weiter. Die stars sind keine
Firsterne, sondern Sternschnuppen, die mit wunderbarem Glanz am Opern-
himmel erscheinen, aber ebenso rasch wieder erlöschen. Ein eclatantes Bei-
spiel ist die berühmte - -"

Er konnte seine Erzählung nicht fortsetzen, denn die Hofräthin for-
derte ihre Gäste auf, ihr in das Nebenzimmer zu folgen, wo der Phonograph ihnen seine Wunder enthüllen sollte.

Und wirklich war es wunderbar, was den Anwesenden hier geboten
wurde. Verschiedene Musikstücke hatte der Phonograph, dies getreue Echo,
wiedergegeben, jetzt erklang die Siciliana, wie Hort sie gesungen.

Idas Züge waren von Freude verklärt, als sie mit Entzücken diesen
Tönen lauschte. Nachdem die letzte Note verhallt war, wandte sich das
Mädchen zur Hofräthin.

„Es ist täuschend ähnlich, man meint, Horts Stimme zu hören," sagte sie.

„Eine Stimme aus dem Grabe," sprach plötzlich Edmund Wartau,
der unbemerkt eingetreten war.

„Wieso?" fragte die Hofräthin.

„Aus dem Grabe kann man wohl noch nicht sagen," entgegnete
Wartau, „aber leider muß ich der geehrten Gesellschaft die traurige Nachricht
bringen, daß Robert Hort, unser ausgezeichneter Tenor, soeben gestorben ist."

Die Bestürzung der Anwesenden war allgemein: wer beschreibt aber
Idas Schrecken, ihren Schmerz. In diesem furchtbaren Augenblick wurde
ihr erst die volle Gewalt der Liebe klar, die ihr Hort eingeflößt. Ihr war,
„als sei entschwunden die Sonn' am hellen Tag". Ihre Fassung verließ
sie völlig, sie fühlte sich außer Stande, ihre hervorbrechenden Thränen zu-
rückzudrängen, dem Beben ihrer Glieder zu gebieten.

Von den Anwesenden unbeachtet, flüchtete das Mädchen in das
Nebenzimmer.

Dort sank Ida auf einen Stuhl und krampfhaftes Schluchzen
erschütterte ihre Gestalt — aber was war das, was klang aus dem Salon
nebenan an ihr Ohr? Wirres Durcheinanderreden, lautes Gelächter.

Ida zuckte schmerzlich zusammen: war es möglich, nach solcher Kunde
zu lachen?

Der Lärm, welcher zu ihr drang, hinderte sie, das Öffnen der
Thüre und das Herannahen von Schritten zu vernehmen.

„Sie weinen — o, nur ein Wort, warum weinen Sie?“ sagte plötzlich eine wohlbekannte theure Stimme, Horts Stimme, neben ihr.

Mit einem unarticulierten Ausruf blickte sie empor und sah ihn erst
mit in Thränen schwimmenden, erschrockenen, dann mit von Freude leuchtenden Augen an.

„Sie leben!“ stammelte sie, überwältigt durch die Macht des Um-
schwungs vom tiefsten Schmerz zur höchsten Freude.

Er faßte ihre Hände, seine Augen ruhten auf ihr. Eine Welt von
Liebe sprach aus diesem Blicke.

„Sie glaubten mich todt,“ sagte er bewegt, „meinetwegen sind Ihre
Thränen geflossen!“

„Wartau erzählte soeben, Sie seien gestorben,“ sprach sie sichtlich verwirrt, „das klang so unerwartet, so furchtbar!“

„Meinetwegen sind Ihre Thränen geflossen,“ wiederholte er, „o, Ida,
diese Thränen machen mich zum Glücklichsten der Menschen, denn sie künden
mir, daß ich nicht vergeblich liebe, daß Sie mir gut sind. Wollen Sie
mein über alles auf Erden geliebtes Weib werden, wollen Sie meine
Freude, mein Stolz, einst mein Trost sein, wenn mir die Jahre den Schmelz
der Stimme rauben — wollen Sie?“

„Ob ich will!“ entgegnete sie, „o Gott, wie verdiene ich so viel Glück!“

In diesem Augenblick trat Idas Mutter ein: sie hatte mit Unruhe
bemerkt, daß ihre Tochter, unfähig, ihre Gemüthsbewegung zu bemeistern,
sich in das anstoßende Zimmer geflüchtet hatte, und kam jetzt, ihr zu ver-
künden, daß die Schreckensbotschaft nur ein alberner Scherz Wartaus
gewesen, der sich erlaubt hatte, den Tod Turriddus in der Oper dem
Darsteller dieser Rolle anzudichten.

Mit Überraschung vernahm Frau Banner von der Werbung um
ihrer Tochter Hand. Sie versagte den Liebenden ihre Einwilligung nicht.

„Ich danke Gott, daß ich trotz meiner Absage doch hierhergekommen
bin,“ sagte Robert Hort, „denn dadurch ist mir das größte Glück zutheil
geworden, und ich kann, wie Florestan in „Fidelio“, sagen:

„Wer ein solches Weib errungen,
„Stimm' in meinen Jubel ein!

II

Die Alte vom Walde.

Erzählung von Marie v. Pelzeln (Emma Franz).

※

In einem stillen, von waldigen Bergen und üppiggrünen Wiesen-
abhängen umschlossenen Thal liegt das Dorf Weißbrunn. Dorthin
kommt manchmal eine bejahrte Frau, deren Namen die Wenigsten
kennen und die von den Dorfbewohnern schlechtweg „das Kräuterweib"
genannt wird.

Sie wohnte in einer kleinen Hütte im Walde ganz allein und ver-
kehrte nur mit den Leuten, wenn es galt, die Kräuter, welche sie gesammelt,
zu verkaufen oder kleine Einkäufe für ihren bescheidenen Haushalt zu machen.
Sie war, wenn auch wortkarg und menschenscheu, nicht unbeliebt, denn
trotz ihres spärlichen Einkommens beschenkte sie manche Nothleidende und
zur Weihnachtszeit pflegte sie ein paar arme verwaiste Kinder mit sich in
die Waldhütte zu nehmen und sie durch eine Christbescheerung zu erfreuen,
bei der auch ein kleiner, mit Kerzchen bestecker Tannenbaum nicht fehlte.
Sie bewirtete sie mit Ziegenmilch und selbstbereitetem süßen Kuchen, trat
ihnen des Nachts ihr Bett ab und schlief auf Stroh.

Die herzliche Freude der Kleinen rief dann wohl ein Lächeln auf
ihre welken Lippen.

Sobald die Weihnachtszeit vorüber war, hauste sie wieder allein in
der Hütte.

Man nannte sie auch die Alte vom Walde, doch mochte sie nicht so
alt sein, als man glaubte, obschon ihr Haar grau, ihr Antlitz gefurcht und
ihre Gestalt gebeugt war, als läge eine schwere Last auf ihren Schultern.

Das kommt vom Bücken beim Kräuterpflücken, meinten die Leute,
wer aber den gramvollen Zug um ihren Mund und den traurigen Blick
ihrer Augen beobachtete, mochte wohl deuten, daß Kräuterpflücken allein
nicht an der gebeugten Haltung der Armen Schuld trug.

Keiner, der sie in dem ärmlichen Anzug und mit den Furchen im bleichen Gesicht sah, hätte gedacht, daß dies vorzeitig gealterte, abgehärmte Weib einst ein bildschönes fröhliches Mädchen gewesen, dem die Schelmerei aus den Augen gelacht und das den ganzen Tag wie ein Waldvöglein bei der Arbeit gesungen.

Viele Jahre sind es her, daß Vroni zu Altenberg bei einer Bäuerin im Dienst stand. Ihre leuchtenden Augen, ihre anmuthige Gestalt und der schöngeformte Mund, dessen Lächeln zwei Reihen blütenweißer Zähne enthüllte, hatten manchen Burschen im Dorf angezogen, aber keinem war es gelungen, das Herz des Mädchens zu gewinnen.

An einem schönen Juni-Nachmittag gieng es auf der Buchenwiese zu Altenberg gar fröhlich zu. Nicht nur die Bewohner des Dorfes hatten sich eingefunden, auch von den benachbarten Ortschaften waren Gäste herbeigeströmt, um an dem ländlichen Feste theilzunehmen.

Ein kleines Orchester spielte in einem, auf dem Wiesenplan improvisierten Saal, dessen Wände aus Baumreisern bestanden und dessen Dach der blaue Himmel bildete.

Dort drehten sich fröhlich die tanzenden Paare zu den Klängen der Musik. Heiteres Gespräch, Lachen und das Klirren der Gläser und Teller tönte von den Tischen auf der Wiese her, während sich Kauflustige um die Bude in der Nähe des Gasthauses drängten, um Lebkuchenherzen und Lebkuchenreiter zu erhandeln.

Die Tanzenden waren selbstverständlich nicht in Balltoilette, die Mädchen und Frauen hatten wohl zu dem heutigen Feste ihre besten Kleider angethan, aber bei Vielen, die sich hier lustig und unbekümmert herumdrehten, war das Beste recht schlecht.

Das störte jedoch die Unterhaltung keineswegs, es war eben ein ländliches Fest!

An einem der Tische saß ein Bursche in graublauem Sommeranzug, eine Mütze schief auf das blonde Kraushaar gedrückt.

Er hatte sich an Speise und Trank bereits erlabt und seine bescheidene Zeche bezahlt. Nun erhob er sich, um dem Tanze zuzusehen und stellte sich an den Eingang des Saales, aber keine der ländlichen Schönen schien nach seinem Geschmack zu sein, denn er betheiligte sich nicht an dem Vergnügen und nach einer kleinen Weile wandte er sich und schlenderte über den Wiesenplan.

Als Georg Stramm an einer Baumgruppe vorüberschreiten wollte, sah er hinter dem dicken, alten Stamm einer Buche ein Mädchen stehen, das, mit einer Hand sich an den Baum stützend, hervorlugte und mit sichtlichem Interesse das fröhliche Treiben betrachtete.

Es war noch hell genug, um die Schönheit ihrer jugendlichen Gestalt und ihrer lieblichen Züge zu erkennen und wie ihre Augen glänzten, diese wunderbaren blauen Sterne!

Betroffen und entzückt starrte Georg sie an.

Wie auf einer bösen That ertappt, zog sich das Mädchen scheu zurück und wäre rasch davon geflüchtet, wenn Stramm sie nicht am Arme gefaßt und die Flucht verhindert hätte.

„Nicht davon laufen,“ sagte er, „tanzen soll man heut'.“

Ihre schönen blauen Augen schauten ihn verwundert an.

„Für mich schickt sich's nicht,“ sagte sie, „ich hab' kein hübsches Gewand.“

„Ein so schönes Mädel braucht kein hübsches Gewand,“ rief Georg, „tanzen wir mit einander.“

„Ja, wenn Ihr Euch nicht meiner schämt,“ sagte sie zögernd und aus ihren Zügen leuchtete das Verlangen, an dem fröhlichen Tanze theilzunehmen.

„Schämen — mit einem so bildschönen Mädel zu tanzen?“ lachte er und führte die nur schwach Widerstrebende aus ihrem Versteck hinter dem Baumstamm, nach dem von Reisig eingefaßten Saal.

Sie tanzten bei den Klängen der Musik und wollten gar nicht aufhören, so froh und freudig war ihnen zu Muth.

„Schaut's die Vroni von der Hubenbäuerin,“ sagte einer der Zuseher, „wer ist aber der fremde Bursch, der mit ihr tanzt?“

Als Georg und Vroni endlich athemlos innehielten, b·t er sie, ihm nach kurzem Ausruhen einen zweiten Tanz zu gewähren.

Sie schüttelte den Kopf.

„Ich muß nach Haus,“ sagte sie, „bin bei der Hubenbäuerin im Dienst und darf nicht so lang ausbleiben.“

„Ich begleit' Euch heim“, sprach er.

„Warum nicht gar,“ entgegnete sie, „behüt' Euch Gott!“

Sie nickte ihm freundlich zu und eilte fort.

Nun mochte er auch nicht mehr verweilen. Er folgte ihr in einiger Entfernung nach, bis sie, an einem kleinen Hause angelangt, in das Thor schlüpfte.

Sie ahnte nicht, daß er ihr gefolgt war.

Heute konnte sie lange nicht einschlafen, es war gar zu schön gewesen. Sie mußte immer wieder des blonden Burschen denken, der sie zum Tanze geführt und sie ein bildschönes Mädel genannt hatte.

Daß man ihr Ähnliches gesagt, war wohl schon öfter vorgekommen, aber es hatte ihr bisher wenig Eindruck gemacht, heute hatte es sie aber innig gefreut, daß der fremde Bursche ihre Schönheit bewunderte.

„Ich werd' ihn wohl mein Lebtag nimmer sehen," sagte sie zu sich, „aber den Abend vergeß' ich nie und würd' ich hundert Jahre alt."

Sie täuschte sich, denn gar bald sollte sie Georg wieder sehen. Am folgenden Morgen, als sie auf der Wiese hinter dem Hause mit Wäsche bleichen beschäftigt war, stand er plötzlich vor ihr.

Sie wurde glühend roth und die Freude über das unerwartete Wieder sehen leuchtete aus ihren Augen.

„Kann ich Euch bei der Arbeit helfen?" fragte er.

Sie lachte und dabei wurden ihre schönen, blendend weißen Zähne sichtbar.

„Was fällt Euch ein?" rief sie. „Ich brauch' keine Hilfe. Habt Ihr gestern noch lang getanzt?"

„Gar nicht mehr", entgegnete er, „ich bin auch fortgegangen".

Sie schaute überrascht zu ihm empor und senkte dann, durch seinen innigen Blick verwirrt, die Augen zu Boden.

„Mich hat's dann nimmer gereut," setzte er hinzu; „aber schön war's, ich hab' die ganze Nacht nicht schlafen können und immer daran denken müssen, wie wir miteinander getanzt haben."

Seine Worte tönten wie liebliche Musik an ihr Ohr, sie drangen zu ihrem Herzen und machten es höher schlagen. Auch Georg gab s. ch, ohne an die Zukunft zu denken, dem süßen Zauber hin, den das schöne unschul dige Mädchen auf ihn ausübte. Er hätte nur kurze Zeit auf der Durchreise in Altenberg verweilen sollen, aber er verschob seine Abreise von einem Tag auf den anderen.

Er wußte es immer so einzurichten, daß er mit Broni zusammentraf, wenn sie außer Haus beschäftigt war.

Die Bäuerin, der nur daran lag, daß ihrer Dirn die Arbeit flink von der Hand gieng, kümmerte sich sonst um nichts und so war es Georg leicht gemacht, mit Broni zu verkehren. „Keine Andere als sie soll mein Weib werden," sagte er sich. So verfloß Tag um Tag, bis der junge Mann die Abreise nicht länger aufschieben konnte. Mit blutendem Herzen theilte er dem Mädchen mit, daß er morgen Altenberg verlassen müsse.

Da wurden Bronis sonnige Augen von Thränen verschleiert und ihr Mund preßte sich schmerzlich zusammen. Traurig gieng sie im Hause umher.

„Was hast denn heut?" fragte die Bäuerin, der die veränderte Stimmung ihrer Magd auffiel. „Du schaust ja d'rein, als hättest du in einen sauren Apfel gebissen."

Am folgenden Nachmittag mähte Broni auf der Wiese hinter dem Haus. Sie handhabte eifrig die Sense, ihre Wangen waren von der raschen Bewegung geröthet.

Sie sah blühend aus, aber nicht fröhlich, ihr trauriger Blick verrieth, daß Kummer auf ihr laste.

Als das Mädchen die Arbeit begonnen, hatte die Sonne Wiese und Wald mit Goldschimmer übergossen, jetzt war sie untergegangen und nur ein breiter rother Streif zeigte an, wo sie hinter den Berg gesunken. Nun war die Arbeit vollendet. Tief aufathmend stand Vroni still und schaute vor sich hin.

Ihre klaren blauen Augen hüllten sich in Thränenschleier.

Die Herde kehrte heim, das Geläute der Glockenkuh drang durch die abendliche Stille zu ihr herüber, ein feuchter Hauch wehte vom Wald über den Wiesengrund, der Thau sank auf die Gräser, die Blumen neigten träumerisch ihre Köpfchen und nun begann jenes eintönige Zirpen, das von grünen Matten her nach Sonnenuntergang ertönt.

Alles war wie sonst und doch   wie verändert schien es ihr.

Morgen sollte Vroni die Herde heimkehren, die Sonne untergehen, nur ihn nicht mehr sehen, dem sie ihr junges, warmfühlendes Herz geschenkt hatte.

Sie stand ein paar Minuten unbeweglich, dann raffte sie sich empor und kehrte in das Haus zurück.

Nun saß sie, die Hände im Schoß gefaltet, in ihrer Kammer und schaute traurig vor sich hin.

Plötzlich zuckte sie zusammen, beim Fenster hatte Jemand ihren Namen ausgesprochen.

Er war es, dem ihre Thränen galten, von dem zu scheiden ihr bitterer dünkte als der Tod.

„Vroni!“ klang es von außen nochmals an ihr Ohr.

Sie erhob sich von ihrem Sitz und trat zum Fenster.

„Ich komme, von dir Abschied zu nehmen, Vroni,“ sagte er, ihre Hand fassend, „schau her, ich hab' dir 'was mitgebracht, damit du mich nicht vergißt, bis ich wiederkomm', dich zu holen.“

Sie lächelte ihm unter Thränen zu. „Damit hat's keine Noth,“ entgegnete sie.

Er zog ein kleines silbernes Kreuz hervor und legte es in ihre Hand.

„Das trag' auf der Brust, Vroni,“ sagte er, „weißt du, zum Andenken an mich und bleib' mir treu, bis ich wiederkomm'! Ich hoff', es wird nicht so lang dauern, daß wir heiraten können.“

„Wirst du mir aber treu bleiben?“ fragte sie, die schönen Augen forschend auf ihn geheftet.

„Kindisches Mädel!“ sagte er dann, „als ob ich dich vergessen, dir untreu werden könnt'. Deine Lieb' ist lang' nicht so groß als die meinige. Für dich ging' ich ins Feuer und wenn Einer dich mir abspenstig machen wollt', ich glaub', ich thät' ihn umbringen. Jetzt aber behüt' dich Gott, liebe Broni, und wein' dir nicht deine hübschen blauen Augen roth. Glaub' mir, dir kann das Zurückbleiben nicht schwerer sein, als mir das Fortgehen."

Sie drängte ihre Thränen zurück. Sie sagte sich, dass die Trennung nicht lange dauern werde und doch war ihr so weh um's Herz, als stehe sie am Grabe ihres Glückes.

Sie schieden und Broni empfand, was in dem tief ergreifenden Liede: „Wenn sich zwei Herzen scheiden" ausgesprochen ist:

> „Mir war, als sei verschwunden
> Die Sonn' am hellen Tag."

Aber bald kam die Hoffnung, sie zauberte ihr schöne Zukunftsbilder vor die Seele und es machte sich Bronis heiterer Sinn selbst unter dem Drucke des Trennungsschmerzes geltend.

„Geduld, Geduld!" sagte sie sich, „er kommt ja, sobald er kann und dann soll uns nichts mehr scheiden."

Wochen, Monate verflossen und Georg ließ nichts von sich hören. Ein einziges Mal hatte er kurz nach seiner Abreise geschrieben, seine Ankunft in Eiching gemeldet und in liebenden Worten seine Sehnsucht nach Broni ausgedrückt. Seitdem war kein Brief von seiner Hand angelangt.

Broni arbeitete fleißig wie sonst, aber sie sang nicht mehr dabei, redete wenig und das Lachen schien sie völlig verlernt zu haben.

Als mehrere Monate später die Bäuerin krank wurde, pflegte das Mädchen sie treu und sorgfältig, allein es half nichts, der Tod kam und die bisher so rüstige Frau schlummerte ein, um nicht wieder zu erwachen.

Sie war gegen ihre Magd nicht gütig gewesen und diese schuldete ihr keinen Dank, aber jetzt, da die sonst so muntere, von Lebenskraft strotzende Frau starr und regungslos vor ihr lag, dachte Broni nur der guten Eigenschaften der Verstorbenen.

Es war das erste Mal gewesen, dass sie Jemand sterben gesehen, es hatte ihr einen erschütternden Eindruck gemacht, dies Scheiden der Seele vom Körper und sie schauderte vor dem starren Gebilde, das sich nun ihren Blicken darbot, wenn sie die Augen nach der Todten wandte.

Sie wohnte dem Leichenbegängnisse bei und streute Erde auf den Sarg, dann verließ sie den Friedhof.

Ein rauher Wind blies ihr entgegen und pflückte erbarmungslos die letzten Blätter von den Bäumen.

Das Mädchen kehrte in das vereinsamte Bauernhaus zurück.

Es begann zu dämmern. Broni wollte Licht machen, aber sie war so müde, dass sie sich auf ihr Bett setzte, die Hände in den Schoß legte und träumerisch vor sich hin blickte. Sie wollte nur ein paar Minuten ruhen, dann aber sich aufraffen und noch Manches in Ordnung bringen.

Draußen vor dem Fenster trieb der Sturm sein Spiel mit den dürren Ästen des Baumes und bog sie hin und her, fast dünkte es Vroni, als nickten die Zweige ihr zu.

Ueber ihnen stand eine Wolke. Gar wunderlich sah sie aus, fast glich sie dem riesigen Haupt eines Menschen, dem Haupt einer Frau mit einem Kopftuch. Ja, gewiß, das war das Profil der Bäuerin, die man heute in das Grab gesenkt hatte.

Wie festgebannt hiengen Vronis Blicke an der Wolke, bis nach und nach das unheimliche Bild, das sie zugleich anzog und abstieß, formlos wurde.

Nebelschleier senkten sich nieder und entzogen es bald völlig ihrem Blick. Die grauen Schleier wurden dichter und dichter.

Plötzlich zertheilten sie sich und ein Bild trat, erst verschwommen, dann immer deutlicher hervor. Vroni sah eine ihr fremde Stube vor sich, ein Kranker lag darin auf seinem Bett — ein Mann mit eingesunkenen Wangen und schmerzentstellten Zügen.

Vroni erkannte Georg, trotz der traurigen Veränderung, die mit ihm vorgegangen war.

Nun streckte er sehnsüchtig die Arme nach ihr aus und deutlich klang es an ihr Ohr: „Komm', o komm', sonst muß ich sterben!"

Sie wollte sich emporrichten, hineilen zu ihm, aber ihre Glieder waren wie von eisernen Banden festgehalten.

„Komm', o komm'!" tönte es aufs neue klagend.

Sie machte eine gewaltige Anstrengung, stieß an die Bettkante und erwachte.

Verschwunden war die fremde Stube, verschwunden der theuere Kranke, verklungen seiner Stimme Ton, der alle Fibern ihres Herzens erbeben gemacht.

Draußen nickten noch die Zweige im Wind, die Wolke war aber nicht mehr sichtbar und die bleiche Sichel des Mondes schaute zum Fenster herein.

Vroni strich das wirre Haar aus der Stirn und ein Zittern durchbebte ihre Glieder.

Der Traum war vorüber, aber war es nur ein Traum gewesen?

Das fragte sie sich in bitterer Angst.

„Er ist krank, er sehnt sich nach mir, er ruft mich!" dachte sie und preßte die Hände an ihr ungestüm pochendes Herz.

So saß sie eine Weile, aber das Traumbild wollte nicht erbleichen, es ward dem erregten Mädchen immer mehr zur Wirklichkeit und als sich Vroni endlich erhob, stand der Entschluß in ihr fest, nach Eiching zu reisen, zu dem Kranken zu eilen, alles zu thun, was die sorgsamste Pflege ver-

mochte, um ihn zu retten oder doch — — sie konnte den Gedanken kaum
fassen -- wenn Gott ihn von der Erde abrief, in der schweren Todesstunde
an seiner Seite zu stehen.

Am folgenden Morgen trat sie die Reise an. Ihr Gemüth war tief
traurig und das Einzige, was sie tröstete, war das Bewußtsein, dem Rufe,
der, wie sie wähnte, an sie ergangen, Folge leisten zu können.

Je näher sie dem Ziele kam, desto größer wurde ihre Bangigkeit.
Wie, wenn sie Georg nicht mehr lebend treffen sollte, wenn er in dem
Augenblick gestorben wäre, in welchem sie seine Stimme rufen gehört.

Obschon sie davor zitterte, bei ihrer Ankunft am Ziele solch' furchtbaren Bescheid zu vernehmen, erfüllte sie doch jede Verzögerung der Fahrt
mit fieberhafter Unruhe. Bei ihrer Unerfahrenheit trug sie selbst an mancher
Verspätung Schuld.

Nun hatte sie endlich Eiching erreicht.

Es war ein großes Dorf, durch dessen Mitte eine breite Straße
führte. Zu beiden Seiten derselben erhoben sich großentheils Bauernhäuser,
hie und da aber auch stattliche einstöckige Villen.

Nun war Broni auf dem Marktplatz angelangt, auf dem sich die
Kirche, ein altes Gebäude mit wettergrauem Thurm befand. Vor dem
Thore derselben standen einige Wagen und um diese her mehrere Gruppen
von Menschen, die eifrig mit einander plauderten und auf etwas zu
warten schienen.

Broni achtete nicht darauf, sie dachte nur an Georg.

Zögernd blickte sie um sich, sie wußte nicht, welche der Gassen, die
auf den Marktplatz mündeten, zu ihrem Ziele führte.

In ihrem Zweifel wandte sie sich an einen der Umstehenden.

„Wo komme ich da zur alten Mühle?" fragte sie.

„Dort links," entgegnete der Mann, „aber warten Sie noch ein
bissel, sie werden gleich aus der Kirche kommen, heut' haltet die Tochter
vom Bärenwirt Hochzeit."

„Darum kümmere ich mich nicht," rief Broni, „aber sagt mir, lebt
der Stramm Georg noch?"

Mühsam brachte sie diese Worte hervor und preßte die Hände fest
auf das Herz, als gelte es, einen heftigen physischen Schmerz zu unterdrücken.

„Ja, ob der lebt!" lachte der Mann, „schauen Sie, dort kommt er."

Aus der Kirche trat nun das neuvermählte Paar, die Wirtstochter,
eine hübsche hochgewachsene Blondine mit ausdruckslosem Wachspuppengesicht,
und an ihrer Seite der Gatte — Georg Stramm.

Wie zu Stein geworden starrte Broni nach ihm, der soeben einer
Anderen in der Kirche Treue geschworen

Anfangs traute sie ihren Augen kaum, aber jeder Zweifel mußte
schwinden, er war es, der ihr versprochen, sie zum Altare zu führen.

Georg stieg mit seiner jungen Frau in den Wagen und fuhr an der
Verlassenen vorüber, ohne ihre Nähe zu ahnen.

Broni stand eine Weile regungslos, um sie her schwirrten Bemer-
kungen über das neuvermählte Paar. Sie hörte die Reden, aber sie klangen,
ohne Eindruck zu machen, an ihr Ohr.

„Auf was warten Sie noch?" fragte ein Weib, das sich eben an-
schickte, gleichden Übrigen, den Platz zu verlassen, „es ist nichts mehr zu sehen."
Ja, das Weib hatte recht, worauf wartete Broni noch?

Sie wandte sich schweigend ab und schlug den Weg ein, den sie her-
gekommen war. Ihr dünkte, es sei etwas in ihrem Herzen gerissen, als
könne es nie mehr fröhlich pochen, als sei für sie alle Lebensfreude gestorben.

*   *   *

Im Gasthause zum Bären herrschte heute laute Fröhlichkeit. Bier
und Wein flossen in Strömen, der Tisch, an welchem die Hochzeitsgäste
Platz genommen, schien sich zu biegen unter der Last der Speisen. Trink-
sprüche wurden ausgebracht, es gieng recht lärmend zu und das neuvermählte
Paar gab sich in vollem Maße der Lustbarkeit hin. Ein seiner Beobachter
hatte gleichwohl bemerkt, daß Georgs übermüthige Laune erkünstelt war.

Hatte er auch keine Ahnung, daß Broni, einen bösen Traum für
einen Mahnruf haltend, hergeeilt war, um ihm beizustehen, so konnte er
doch die Erinnerung an sie nicht verbannen, konnte nicht vergessen, daß er
ihr die Treue gebrochen.

Ihr Bild tauchte immer und immer wieder vor seinem geistigen
Auge auf und wenn er seine Braut — nun seine Frau — mit ihr ver-
glich, zog sich sein Herz schmerzlich zusammen.

„Der Mensch kann nicht alles haben, was er will," sagte er sich zum
Trost, „ich war wie in einem Rausch und hab' nicht bedacht, daß die
Broni und ich nicht von der Luft leben können. Vernünftig muß man sein."

Ja, er war nur zu vernünftig gewesen, als er bemerkt, daß die
hübsche Wirtstochter Gefallen an ihm gefunden, und da der Vater des
Mädchens sich ihm gewogen gezeigt, hatte sich ihm eine neue verlockende
Aussicht eröffnet.

In der einen Wagschale das Bild der schönen, guten, armen Broni,
in der anderen eine hübsche stattliche Braut, Geld und Wohlleben.

Eine Weile kämpfte die Liebe im Herzen des jungen Mannes mit
Genußsucht und Eitelkeit. Es schmeichelte ihm gar zu sehr, daß die viel-

umworbene Wirtstochter ihm vor allen Anderen den Vorzug gab, überdies
gefielen ihm ihr munteres Wesen und ihre frische Jugendblüte.

Immer mehr trat Broni's Bild in den Hintergrund, immer mehr
befestigte sich sein Entschluss, dem armen Mädchen untreu zu werden und
die reiche Braut heimzuführen.

Wohl hatte er Broni's nicht vergessen, oft mitten unter Scherzen und
Lachen wurde er plötzlich traurig und dann war ihm zumuthe, als habe
er werthlosen Flitter gegen ein unschätzbares Gut eingetauscht.

So sollte es auch heute beim Hochzeitsfeste sein. Georg war einer
der Fröhlichsten unter den Fröhlichen gewesen und selbst die mitunter derben
Scherze, welche sich die Gäste am Schlusse des Mahles erlaubten, hatten
ihn, so schien es, nicht unangenehm berührt, als aber seine junge Frau, die
bei dem festlichen Anlasse dem Wein allzu eifrig zugesprochen, nicht nur
über die derben Scherze laut lachte, sondern sie in ähnlicher Weise beant-
wortete, wurde er plötzlich still, wandte den Blick weg von der Frau mit
den hochgerötheten Wangen und den blitzenden Augen und dachte des
holden unschuldigen Mädchens, das er, einer lieblichen Blume gleich, in
dem stillen Walddörfchen gefunden hatte.

Da ward ihm mit einemmale so weh ums Herz, dass er am liebsten
den lärmenden Kreis verlassen und in der Einsamkeit seinem Schmerz durch
Thränen Luft gemacht hätte.

Nein, Broni war nicht vergessen.

* * *

Es war einige Jahre später, dass in die Schänkstube eines kleinen
Gasthauses an der Straße eine Frau trat, die ein verwaschenes Kattun-
kleid trug und ein Perkailtuch um den Kopf geschlungen hatte. Sie nahm an
einem Tisch in der Ecke Platz, legte das Bündel, welches sie getragen, neben
sich und wartete, bis der Aufwärter kam, sie um ihr Begehren zu fragen.

Wohl eine halbe Stunde hatte sie in der räucherigen Stube geweilt,
als ein Gespräch, das von einem Nebentisch zu ihr hertönte, ihre Aufmerksamkeit in Anspruch nahm.

Sie legte Messer und Gabel nieder, schob den Teller weg und lehnte
sich zurück.

„Was, der Stramm Georg von Eiching hat abgewirthschaftet?" sagte
ein alter Mann mit breitkrämpigem Hut.

„Ja und der Bergdorfer hat das Gasthaus gekauft," entgegnete ein
Bursche, welcher dem Weine eifrig zusprach, „der Stramm war aber so arg
verschuldet, dass ihm nichts von dem Kaufschilling geblieben ist. Ja, den
hat sein Weib ins Unglück gebracht."

„Warum nicht gar, er ist ja erst durch sie zu Geld gekommen."

„Das schon, aber ich denk', wenn er ein armes, fleißiges, braves Mädel geheiratet hätt', wär' es ihm schier besser gegangen als mit der Puppdocke. So lang ihr Vater gelebt hat, ist's noch gut gewesen, aber kaum, daß der alte Mann die Augen zugemacht, haben sie kein Glück mehr gehabt. Der Stramm hat sich ohnedies nicht auf die Wirtschaft verstanden und die Frau hat sich um nichts gekümmert, sondern nur so fortgelebt in Saus und Braus. Dabei hat sie sich einen Putz angeschafft, als wär' sie eine Prinzessin und wenn ihr Mann ihr darüber Vorstellungen gemacht, ist sie zornig geworden und hat gesagt: „Du schweigst, nicht dir, mir gehört das Geld, du wärst ein armer Schlucker, wenn ich dich nicht geheiratet hätt'." Sie war eine böse Sieben, das ist gewiß."

„Sie war? Lebt sie nicht mehr?"

„Nein, sie ist voriges Jahr gestorben und hat das Wirtshaus arg verschuldet dem Stramm hinterlassen. Er war nicht der Mann, den Karren aus dem Sumpf zu ziehen und so ist es immer schlechter gegangen, bis die Gläubiger auf executiven Verkauf des Gasthauses gedrungen haben. Der Bergdorfer hat es um einen Spottpreis erstanden."

„Der arme Stramm," sagte der alte Mann, „es thut mir leid um ihn, was wird er denn jetzt anfangen, um sein Brot zu verdienen?"

„Das weiß ich nicht, ich weiß nur, daß er nicht in Eiching geblieben ist, er ist fort vom Dorf und Niemand weiß, wo er jetzt lebt. Es wird ihm zu unangenehm gewesen sein, an dem Ort zu bleiben, wo er in Überfluß gelebt hat und dann an den Bettelstab gekommen ist. Der Bergdorfer wird übrigens viel Müh' haben, bis er das verrufene Geschäft wieder in Schwung bringt und Gäste sammelt. Ja, bei dem Stramm kann man wohl sagen: „Wie gewonnen so zerronnen".

„Wie gewonnen, so zerronnen," sagte die stille Zuhörerin in der Ecke leise vor sich hin, legte ein paar Geldstücke auf den Tisch, nahm ihr Bündel und verließ langsamen Schrittes und einen tiefen Seufzer unterdrückend, die Schänkstube, um ihre Wanderschaft fortzusetzen.

* * *

Broni hatte sich in der Waldhütte bei Weißenbrunn angesiedelt und lebte nun seit Jahren dort in tiefer Abgeschiedenheit. Sie hatte früher als Magd gedient und einen kleinen Sparpfennig gesammelt.

Jetzt sehnte sie sich nach Ruhe und dem Bedürfnis ihres Herzens folgend, suchte sie die grüne Einsamkeit des Waldes auf.

Sie hatte den Schmerz überwunden, der ihre Jugend vergällt, völlig vernarbt war aber die Wunde nicht.

5*

Ihr Gemüth war dem Zauber der Natur zugänglich und sie fühlte sich hier so glücklich, als es für sie auf Erden möglich war.

Eines Tages kam sie ermüdet von einem Gange nach dem Dorf zurück. Sie empfand ungewöhnliche Mattigkeit und manchmal faßte es sie wie Schwindel an.

Das nahm sie Wunder, denn sie erfreute sich sonst völliger Gesundheit. Farbige Lichter tanzten vor ihren Augen, die Bäume um sie her schienen sich zu drehen.

Broni setzte sich auf einen Baumstrunk und lehnte sich an den Stamm einer alten Eiche.

Um sie her war es wunderbar schön. Die Sonne übergoß den feuchten Boden und die Wiese mit Goldglanz, auf der ein lustiges Völklein im Grase tanzte, flog und sprang und sich seines kurzen Lebens freute.

Verwehten Blüten gleich flatterten blaue und feuerfarbige kleine Schmetterlinge über das Halmenmeer, in dem bunte Blumen ihre lichten Kelche in der warmen Luft wiegten.

Anfangs beachtete Broni dies nicht, ihr war so sonderbar zumuthe, wie ihr noch nie gewesen, bald aber schwand das eigenthümliche beängstigende Gefühl und sie erfreute sich wieder an der Waldespracht, an dem Leben und Weben in den herrlichen grünen Baumhallen.

„Gottes Welt ist schön!" sagte sie leise vor sich hin, dann erhob sie sich und setzte ihren Weg fort.

Sie war nicht lange gegangen, als ein schmerzliches Stöhnen an ihr Ohr drang.

Erstaunt blickte sie umher und sah unfern von ihr einen Mann sitzen. Er hatte die Hände vor das Gesicht geschlagen. Seine Kleidung war in hohem Grade abgenützt und ärmlich.

Als er nahende Schritte hörte, streckte er die Hand aus und sprach flehend:

„Aus Barmherzigkeit eine kleine Gabe."

Bei dem Tone seiner Stimme zuckte Broni zusammen und starrte bestürzt den Bettler an.

Der hatte nun auch das Haupt emporgerichtet und als er die ärmlich gekleidete Frau vor sich sah, hob ein Seufzer seine Brust: von ihr war, so meinte er, keine Spende zu hoffen.

Sie stand noch immer und schaute in das gealterte, bleiche Antlitz des Mannes.

Wie furchtbar war er verändert, und doch hatte sie in dem alten Bettler den Geliebten ihrer Jugend, den einst so schönen, feurigen, fröhlichen Jüngling erkannt.

Er aber blickte sie verständnislos an, ihm war sie nur ein bejahrtes Weib, das ihm, weil selbst arm, wohl nicht helfen konnte.

Hierin täuschte er sich.

„Meine Hütte ist nah'," sagte sie, „kommt mit und eßt Euch bei mir satt."

Er erhob sich und that wankend einige Schritte gegen Broni.

„Gott vergelte es Euch, gute Frau," sprach er in bewegtem Ton, „Ihr erweist mir eine große Wohlthat, denn ich bin, seit ich einen bösen Fall gethan, arbeitsunfähig, kann mir nichts erwerben und bin durch Mangel an Nahrung so entkräftet, daß ich mich kaum aufrecht erhalten kann."

„Stützt Euch auf mich, armer Mann," sagte Broni, und ihre Stimme klang seltsam gedämpft und bebend an Georgs Ohr, „wir haben nicht weit zu gehen."

Auf ihren Arm gestützt, schritt Georg der Hütte zu, die ihm früher durch Bäume völlig verborgen gewesen.

Sie redete auf dem Weg kein Wort mit ihm, ihr Herz war zu voll von Mitleid und Trauer und doch auch von wehmüthiger Freude, daß es ihr vergönnt war, ihm in seiner bitteren Noth beizustehen.

In der Hütte angelangt, hieß sie ihn, sich zum Tisch zu setzen, dann brachte sie Käse, Brot und Milch herbei. Er dankte ihr mit Thränen in den Augen.

Während er aß und trank, machte sich Broni da und dort in der Stube zu schaffen, sie fürchtete, Georg könnte ihre tiefe Erregung bemerken. Als er, nachdem er sich gesättigt hatte, Miene machte, fortzugehen, hielt sie ihn zurück.

„Ihr seid noch müd'," sagte sie, „legt Euch dort auf das Bett und schlaft; ich geh' in die Kammer und werd' Euch nicht stören."

Georg fühlte sich in der That noch sehr ermattet. Lang hatte er nicht auf weichen Kissen geruht.

„Gott vergelt' Euch, was Ihr Gutes an mir thut, brave Frau," sagte er, „ich kann es Euch nicht vergelten."

Über Broni's Gesicht zuckte es seltsam, sie wandte sich ab und gieng der Kammer zu.

„Schlaft und ruht Euch gehörig aus," sagte sie.

Dann verließ sie die Stube.

Georg legte sich angekleidet auf das Bett. Der Schlummer kam nicht sogleich, ihm neue Kraft zu geben. Er dachte seines verfehlten Lebens und wie er nun im Elende hinsterben mußte. Ja, wenn er überall barmherzigen Menschen, gleich der guten alten Frau, begegnen würde! Sie war so gut und sah trotzdem nicht freundlich aus. Warum sie so wortkarg sein mochte?

Ob er ihr nicht früher einmal begegnet war? Manchmal mahnte sie ihn an jemand, den er gekannt hatte, aber an wen? Das wußte er sich nicht zu beantworten.

Draußen vor dem Fenster nickten und rauschten die Baumzweige im Wind, sie sangen ihm ein Schlummerlied. Sonst war es um ihn her still, ganz still.

Seine Augen senkten sich immer tiefer auf die eingesunkenen Wangen und bald war er entschlummert.

Er träumte von Jugend, Liebe und Glück, von schöner, längst verschwundener Zeit. —

Er stand mit Broni auf der Buchenwiese, wie an dem Abende, da er sie das erstemal gesehen.

Ihre Wangen waren vom Tanze sanft geröthet. Georg sah sie vor sich, lieblich und thaufrisch wie damals.

Vom Tanzboden her tönte fröhliche Musik, bald klang sie aber nur mehr von fern, immer leiser und leiser, endlich verstummte sie völlig und auf der großen Wiese war es leer geworden. Die lustigen, lärmenden Gäste waren nach allen Richtungen zerstoben.

Georg stand allein mit dem Mädchen auf dem blumenreichen Rasenteppich, um sie her flogen Glühwürmchen, gleich grünschimmernden, rasch erlöschenden Lichtfunken.

Georg faßte Broni's Hände, blickte ihr tief in die schönen, feucht glänzenden Augen und war selbst wieder jung, schön und glücklich.

Der Traum war ausgeträumt, der Schläfer erwachte, nicht war er mehr der frohe Jüngling, dem die Zukunft vielverheißend, reich an Freude schien, er war wieder der alte Bettler, dessen sich ein altes Weib aus Mitleid angenommen hatte.

Noch schlaftrunken und doch schon der traurigen Wirklichkeit sich bewußt, ließ er den Blick umherschweifen.

Die Bäume nickten und rauschten noch, sonst war es, wie früher, still, ganz still. Die Sonne, welche sich inzwischen dem Untergange zugeneigt, schien jetzt schräg in das Zimmer und in dem zitternden Strahl tanzten winzige Sonnenstäubchen ihren Reigen.

Rasch richtete sich Georg empor, er wollte nicht länger seiner gütigen Wirtin lästig fallen, wollte ihr danken und fortgehen.

Er schritt der Kammer zu und pochte leise, dann, als keine Antwort erfolgte, stärker an die Thür.

Diese war nur angelehnt und als innen alles lautlos blieb, trat Georg in den anstoßenden Raum, stand aber zögernd still, denn dort auf der Bank saß die Alte, an die Bank gelehnt. Ihre Augen waren geschlossen.

„Sie schläft," dachte Georg und wollte sich geräuschlos zurückziehen, aber wie er nochmals hinblickte, durchzuckte ihn plötzlich ein schrecklicher Gedanke. Schlief sie nur oder —

Mit bange pochendem Herzen näherte er sich der unbeweglichen Gestalt der Frau und beugte sich über sie.

Ein Ausruf des Schreckens entfloh seinen Lippen — sie war todt!

Er blickte in das bleiche, von sanftem Lächeln verklärte Gesicht und so friedlich dünkte ihm dies gealterte blasse Antlitz, daß er meinte, er könnte sich doch getäuscht haben und nur tiefer Schlaf die Glieder der Frau in Bann halten.

Er legte die Hand auf ihr Herz — es hatte aufgehört zu schlagen.

Nun war zur Gewißheit geworden, was er zu glauben sich gesträubt. Als Georg die Hand zurückzog, schlang sich ein schwarzes Schnürchen, das sich aus der Jacke der Todten gestohlen, um einen Knopf seines Ärmels.

Im Bestreben, sich los zu machen, nestelte er an dem Schnürchen und zog es, ohne zu wollen, etwas hervor, das man daran befestigt hatte.

Es war ein kleines, silbernes Kreuz, dasselbe Kreuz, welches Georg Vroni vor vielen Jahren in jener Abschiedsstunde gegeben, in der er ihr ewige Treue geschworen.

Wie zu Stein geworden, starrte Georg auf das Kreuz, er konnte kaum fassen, was es ihm erzählte.

Dann wandte er den Blick nach dem bleichen Antlitz der Todten und wie er hinschaute, da fiel es wie Schuppen von seinen Augen und nun wußte er, an wen ihn die Züge der Frau gemahnt!

Da machte sich sein Schmerz in einem erschütternden Klagelaut Luft, er sank zu Füßen der Leiche nieder, barg sein Antlitz in den Falten ihres Kleides und weinte.

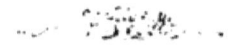

III.

Nicht alles, was glänzt, ist Gold.

Original-Erzählung von Marie v. Pelzeln (Emma Franz).

Herrn Rodebaums Garten prangte im reizendsten Frühlingsschmuck, auf den Beeten entfalteten die Erstlingeblumen des Lenzes ihre lieblichen Kelche, rings umher junges Grün. Die Obstbäume prangten in voller Blütenpracht und wenn ein Windhauch ihre Zweige bewegte, wirbelte es gleich Schneeflocken in das thauige Gras nieder.

Lenzeslüfte wehten, die ersten Frühlingsboten der Insectenwelt badeten sich im Sonnenlicht.

In der Laube am Eingange des Gartens saßen drei Männer, der Herr des Hauses, Doctor Raber und der vor kurzem angekommene Gerichtsadjunct Feld.

Jetzt erhob sich der Arzt, um sich zu verabschieden. Der Gerichtsadjunct folgte seinem Beispiel.

„Schenken Sie mir noch ein paar Minuten Zeit," sagte Rodebaum, „ich möchte Ihnen gern mein neues Besitzthum zeigen."

„Sie meinen Haus und Garten, die der arme Erhard an Sie verkauft hat, und zwar, wie man mir sagte, um den Schätzungspreis," sprach der Doctor, „es hatte sich ja bei der Versteigerung kein anderer Käufer eingefunden."

Über Rodebaums glattrasirtes Antlitz jagte flüchtiges Roth.

„Das ist wohl leicht begreiflich," sagte er, „Haus und Garten sind in gänzlich vernachlässigtem Zustande, das Erstere gleicht einer Ruine, der Letztere einer Wildnis; nur mit großen Geldopfern wird es möglich sein, hier etwas Schönes zu schaffen. Ich lasse das alte Haus niederreißen und an dessen Stelle eine elegante Villa bauen. Die Arbeiten werden in wenigen Tagen schon beginnen, denn es liegt mir viel daran, dass das Gebäude bald fertiggestellt werde."

Sie betraten nun das an Rodebaums Garten stoßende neue Besitzthum des reichen Mannes und nun überzeugten sich der Doctor und der Gerichts- adjunct, daß des Hausherrn Behauptung viel Wahres enthielt.

Auf den von Moos und Unkraut überwucherten Wegen und im Grase, das wohl seit Jahren nicht gemäht worden war, lagen Massen von dürren Blättern, die im Herbste von den Bäumen abgefallen waren. Ein- zelne der Letzteren zeigten längst abgestorbene Äste, die keines Gärtners Hand entfernt hatte. Trotz alledem bot der Garten in seinem jungen Grün ein hübsches, freundliches Bild. Das Haus hingegen, wenn auch nicht, wie Rodebaum gesagt, eine Ruine, mußte auf den Beschauer einen ungünstigen Eindruck machen. An den Fenstern, deren Scheiben ganz trübe geworden, waren Gitterstäbe angebracht.

„Wenn ich hier wohnen müßte, käme ich mir wie ein Gefangener vor," sagte der Gerichtsadjunct.

„Schön sind diese Eisengitter allerdings nicht," entgegnete der Doctor, „aber wenn man in einem Hause wohnt, das einsam in einem großen Garten steht, muß man sich doch vor unliebsamen Besuchen schützen."

„Erhard ist ein Phantast, ein Narr," sagte Rodebaum, „er trägt an seinem eigenen Ruin Schuld."

„Das glaube ich nicht," sprach der Doctor, „denn, wie ich vernahm, kam er mir dadurch ins Unglück, daß er für seinen Bruder gutgestanden und deshalb sein Vermögen verlor."

„Ja, davon habe ich auch gehört," entgegnete Rodebaum, „aber dies zugegeben, ist es doch sicher, daß er durch Eigensinn seine Lage sehr ver- schlimmert hat. Er konnte sich Jahre hindurch nicht entschließen, Haus und Garten zu verkaufen. Wie ein Uhu hauste er dort allein, ließ alles ver- fallen und zu grunde gehen. Ich würde ihm gerne helfen, aber mit ihm ist nichts zu machen."

„Dürfte ich auf eine Spende für das neue Siechenhaus hoffen?" fragte der Doctor.

„Sie können auf einen reichlichen Beitrag rechnen," entgegnete Rodebaum.

„Sie sind ein wohlthätiger, ein edler Mann," rief der Doctor enthu- siastisch. „Ihre Großmuth muß allgemeine Bewunderung erregen und —"

Ein gellendes Hohnlachen machte den Sprecher jäh verstummen, betroffen blickte er nach der Stelle, woher der unheimliche Laut ertönt war.

Rodebaum verfärbte sich, verstört hefteten sich seine Augen auf die bleiche, gebeugte Gestalt eines alten Weibes, das früher von einer Baum- gruppe verborgen, jetzt hervorkam, die drei Herren mit finsterem Blicke messend, an ihnen vorüberschritt und sich dann mit einer bei ihrem Alter erstaunlichen Schnelligkeit entfernte.

„Wer ist die wunderliche Person, was wollte sie mit ihrem häßlichen Lachen," sprach der Gerichtsadjunct, „sie ist wohl nicht ganz bei Sinnen?"

„Frau Stark ist eine vieljährige, treue Dienerin unseres Hauses," sagte Rodebaum, dessen Stirn sich seit dem seltsamen Zwischenfall unwölkt hatte. „Die Arme ist allerdings halbverrückt und weiß wohl selber kaum, warum sie so gellend gelacht hat."

„Sie bringen ein großes Opfer, indem Sie die Alte im Hause behalten," sprach der Doctor.

„Ich thue eben für sie was ich kann," sagte Rodebaum.

Die beiden Herren verabschiedeten sich von ihm und schlugen den Weg nach dem Marktplatz ein.

Der Doctor fand nicht Worte genug, den edlen Charakter des reichen Mannes zu preisen, der so große Summen für wohlthätige Zwecke spendete.

„Daß er dies thut, ist nur seine Pflicht," entgegnete der Gerichtsadjunct, der den Enthusiasmus des Doctors nicht theilte.

„Eine Pflicht, die aber viele Reiche nicht erfüllen," entgegnete der Doctor. „Rodebaum ist übrigens auch sonst ein bewunderungswürdig edler Mensch. Welche Langmuth und Herzensgüte bewies er nicht der alten Hexe gegenüber, die uns heute auslachte und dann so impertinent anstarrte. Ich höre, daß er aus Pietät diese alte Magd mit der Sorgfalt und Rücksicht eines Sohnes behandelt und sie, die nichts mehr leisten kann, auf das beste verpflegt; auch außerdem thut er Gutes, Leonie, die verwaiste Tochter seines Vetters und Stephan, den Sohn seiner Cousine, ließ er erziehen und ausbilden."

Während der Doctor nicht müde wurde, die schönen Charaktereigenschaften Rodebaums zu preisen, fand eine stürmische Scene im Hause des Letzteren statt. Kaum hatten die Herren sich entfernt, als Rodebaum Susanne Stark aufsuchte.

Er fand sie in ihrer Stube in einem Schranke herumkramend. Mit finsterer Miene näherte er sich ihr.

„Was soll Ihr ungehöriges Betragen meinen Gästen gegenüber bedeuten?" fragte er. „Ich verbiete Ihnen solche Ungebührlichkeit. Ähnliches darf nie wieder vorkommen."

Sie lachte; diesmal nicht laut und gellend, aber ebenso höhnisch.

Rodebaums Stirnader schwoll an, Zorn funkelte aus seinen Augen.

„Sie wissen, wie gut Sie es in meinem Hause haben," sagte er, „wissen, wie viel Nachsicht ich Ihren wunderlichen Launen gegenüber zeige; allein auch meine Geduld hat ihre Grenzen und ich warne Sie —"

„Sie unterstehen sich, mir zu drohen!" höhnte nun die Alte und fixierte den Herrn des Hauses so durchdringend, daß dieser, als vermöge er ihren Blick nicht zu ertragen, die Augen wegwandte.

„Was ficht Sie heute an?" sprach er nun mit unsicherer Stimme, „ich war ja immer gut gegen Sie. Ist das der Dank dafür?"

„Dank!" sagte sie verächtlich, „soll ich es Ihnen danken, daß ich Ihretwegen mein Gewissen belastet, von Ihnen überredet, eingewilligt habe, zu schweigen, wo es heilige Pflicht gewesen wäre, zu reden und den schändlichen Betrug zu verhindern, der die arme Leonie Hild und Stephan Werner um ihre Erbschaft gebracht hat?"

„Um Himmelswillen, nicht so laut!" rief Rodebaum.

„Was kümmert es mich, ob man hört, daß Sie kein edler Mann, sondern ein Schurke sind," entgegnete sie.

Ein Zornesblitz aus seinen Augen traf die Alte, heftige Worte schwebten auf seinen Lippen, aber er drängte sie zurück.

„Sie sind heute fast unzurechnungsfähig vor Aufregung," sagte er in heiserem Ton, „wenn Sie sich etwas beruhigt haben, werden Sie einsehen, welch großer Vortheil für Sie aus Ihrem Schweigen erwachsen ist. Was Leonie und Stephan betrifft, wissen Sie doch, daß ich für beide sorgte."

Die alte Frau seufzte tief.

„Was soll ich thun?" sagte sie leise vor sich hin.

„Schweigen," entgegnete er. „Nehmen Sie Vernunft an und schlagen Sie sich die Grillen aus dem Sinn."

Sie antwortete nicht und starrte wie traumverloren vor sich hin.

Rodebaum betrachtete sie einen Augenblick forschend, dann wandte er sich zum Gehen und verließ das Zimmer.

„Leere Worte," murmelte er vor sich hin, „sie wird es nicht wagen, mich zu verrathen."

* * *

Ein paar Tage später saß Rodebaum in seiner Stube und las die Zeitung. Seine stattliche Gestalt war in einen eleganten Schlafrock gehüllt, das Gesicht glatt rasiert, die Perrücke, welche sein Haupt bedeckte, ein wahres Kunstwerk des Friseurs.

Erstaunt blickte er empor, als nach bescheidenem Anpochen sich die Thüre öffnete und ein schlankes blondes Mädchen in dunklem Reiseanzug eintrat.

„Du hier, Leonie?" sagte er überrascht, „was führt dich her?"

„Ich fahre nach T***," entgegnete sie, „ich habe dort eine Stelle als Gesellschaftsfräulein erhalten; auf der Durchreise hier angekommen, möchte ich Sie bitten, mir zu erlauben, in Ihrem Hause zu übernachten."

„Ich werde sogleich Befehl geben, daß man dir eine Stube einräumt. Geh' inzwischen in das Eßzimmer, ich sende dir Speise und Trank dorthin. Du mußt dich nach der Fahrt stärken."

„Wie gut Sie sind, Onkel," sagte Leonie, „ich weiß wahrhaftig nicht, wie ich Ihnen für alles, was Sie für mich gethan, genügend danken soll — "

„Nur keinen Dank!" rief er, während seine Miene sich verdüsterte, in so barschem Ton, daß das Mädchen betroffen innehielt. „Geh', liebes Kind," fügte er nun freundlicher hinzu, „du wirst müde sein."

Leonie wandte sich zum Gehen.

„Noch eines," rief ihr Rodebaum nach, „gehe nicht zu Susanne Stark, sie ist heute leidend, hat ihr Zimmer nicht verlassen und will Ruhe haben."

Das Mädchen entfernte sich. Der Oheim blieb in düsteren Gedanken versunken zurück.

Der Weisung des Onkels zufolge suchte Leonie nicht, wie sie sonst wohl gethan haben würde, Susanne auf. Man hatte ihr ein Cabinet, dessen Fenster nach dem Garten giengen, eingeräumt. Sie war in der That recht müde und beschloß, sich frühe zur Ruhe zu begeben.

Eben war sie im Begriff, die Nadeln, welche ihre langen blonden Flechten festhielten, zu entfernen, als sich leise die Thüre öffnete und eine kleine hagere Gestalt hereinschlüpfte.

Es war Susanne Stark.

Leonie sprang von ihrem Sitz empor, sie zu begrüßen.

„Sie sind heute unwohl, wie ich hörte," sagte das Mädchen, „fühlen Sie sich jetzt besser?"

„Unwohl? nein — was läge übrigens auch daran, wenn ich es wäre," entgegnete die alte Frau, „ich bin ohnedies am Rande des Grabes. Von Ihnen lassen Sie uns aber reden. Sprechen Sie offen — fällt es Ihnen sehr schwer, in Abhängigkeit zu leben?"

Über des Mädchens Wangen jagte flüchtiges Roth.

„Ja und nein," sagte sie, „immer fremdem Willen gehorchen, ist nicht angenehm, aber ich darf mich nicht beklagen. Der Onkel sorgte gütig für meine Ausbildung, so daß ich jetzt imstande bin, meinen Lebensunterhalt zu erwerben; kein Mensch auf Erden kann erwarten, daß das, was er wünscht, erfüllt wird."

Ein häßliches höhnisches Lächeln entstellte bei Leonies Worten das Antlitz der alten Frau. Schnell schwand aber wieder diese Verzerrung und mit dem Ausdrucke angstvoller Theilnahme hefteten sich ihre Blicke auf das Mädchen.

„Es ist eine Nachricht zu mir gedrungen," sagte sie dann, „man sagte, daß Ihr Vetter Stephan und Sie einander liebgewonnen und nur euren Herzenswunsch nicht erfüllen, nicht heiraten könnt', weil ihr beide mittellos seid."

„Sprechen Sie nicht weiter," rief Leonie, deren Antlitz von einer Blutwelle vorübergehend rosig angehaucht worden war, gleich darauf aber auffallend bleich wurde, „es ist besser, wir lassen diesen Punkt unberührt."

Die alte Frau schlug mit einem tiefen Seufzer die Hände vor ihr gelbliches faltenreiches Antlitz, ihre Gestalt erbebte wie in Schluchzen, aber kein Laut kam von ihren Lippen. Leonie betrachtete sie erstaunt und besorgt und konnte sich nicht erklären, wodurch ihre Rede solch' erschütternde Wirkung hervorgerufen. Ehe sie noch wußte, was sie sagen sollte, brach Susanne plötzlich mit einem dumpfen Wehelaut zusammen.

Leonie eilte ihr beizustehen, aber ihre schwachen Kräfte reichten nicht hin, die fast Bewußtlose empor zu richten. Sie rief um Hilfe.

Es kamen Leute von der Dienerschaft herbei, man brachte Susanne zu Bett und es wurde nach einem Arzt gesandt.

Dieser ordnete kalte Compressen und beruhigende Tropfen an und fragte, ob die Patientin etwa eine heftige Gemüthserschütterung erlitten. Leonie erbot sich, bei der Kranken zu wachen, um die Anordnungen des Arztes mit Sorgfalt zur Ausführung zu bringen.

Sie besaß eine jener echt weiblichen Naturen, die zum Krankenwarten wie geschaffen sind: geräuschlos, ruhig und pünktlich wußte sie das Nöthige zu thun und die Wünsche der Patientin zu errathen, ehe sie ausgesprochen worden.

Am folgenden Morgen fühlte sich Susanne zwar noch matt, aber fast wohl.

Sie streckte dem Mädchen beide Hände entgegen.

„Gott lohne Ihnen die Liebe und Sorgfalt, die Sie mir armem, alten Weib bewiesen," sagte sie mit überquellenden Augen, „wenn Sie reich und glücklich werden, dann beten Sie für mich."

„Darauf werde ich nicht warten, um dies zu thun," sprach Leonie, die sich von Susannens sichtlicher Gemüthsbewegung seltsam ergriffen fühlte.

Sie ahnte nicht, daß die liebevolle Sorgfalt, mit der sie die Kranke gepflegt hatte, der letzte Tropfen gewesen, der das Glas übergehen gemacht, daß dadurch der Entschluß, den Susanne noch immer auszuführen gezögert, zur That werden sollte.

Nachdem Leonie sich entfernt hatte, sank die alte Frau vor dem Crucifix auf die Knie. Bittere Reue über die Habgier und Feigheit, welche sie getrieben, Rodebaums Mitschuldige zu werden, erfüllte ihre Brust und sie flehte inbrünstig zu Gott, daß er ihr um Christi willen ihre Sünde verzeihen möge.

Ihre Thränen quollen reichlich nieder, aber der Entschluß, ihr schweres Unrecht wieder gut zu machen und der Erfüllung dieser Pflicht Wohlleben und Ruhe zu opfern, goß Balsam in ihr von Gewissensbissen gequältes Herz.

Sie erhob sich von den Knien und begab sich nach Rodebaums Zimmer.

„Was wünschen Sie?" fragte er, indem er ihr winkte, Platz zu nehmen.

„Ich komme, Ihnen anzukündigen, daß Sie Vorbereitungen zur Flucht treffen sollen, denn ich werde der Behörde Ihren Betrug anzeigen."

Rodebaum bemeisterte seine Bestürzung.

„Wie viel Geld benöthigen Sie?" fragte er. „Sie sollen mich nicht knauserisch finden."

Ein zürnender Blick aus den Augen der alten Frau traf den Sprecher.

„Damit ist es zu Ende," sagte sie, „ich zeige den Betrug an, Leonie und Stephan werden in ihre Rechte eingesetzt, davon stehe ich nicht mehr ab und wenn Sie mir eine Million schenken würden."

„Sie bedenken nicht, daß Sie sich dadurch selbst an das Messer liefern, Sie haben sich durch Ihr Schweigen zur Mitschuldigen gemacht," sprach Rodebaum.

„O hätte ich es nicht gethan!" rief die alte Frau in leidenschaftlichem Tone, „war ich aber bisher Ihre Mitschuldige, jetzt will ich es nicht länger sein und sollt' ich auch dafür leiden müssen. Lieber Alles ertragen, als solche Gewissenspein erdulden."

Rodebaum heftete seine Augen mit finsterem Ausdruck auf Susanne.

„Wagen Sie nicht, mich aufs äußerste zu treiben," rief er.

„Wenn Sie mich umbringen, werden Sie des Mordes angeklagt," entgegnete sie, „Ihre Drohungen erschrecken mich daher nicht; eines will ich Ihnen aber zugestehen — Zeit zur Flucht. Mir liegt nicht daran, daß Sie für Ihren Betrug gestraft werden, sondern daß Leonie und Stephan ihr Erbtheil erhalten. Sie müssen unverzüglich Anstalten zur Abreise treffen, denn länger als einige Tage schiebe ich es nicht auf, Ihre Niederträchtigkeit zu enthüllen."

„Ich werde nicht fliehen, mein Besitzthum nicht aufgeben," rief Rodebaum. „Ich trotze Ihnen. Gehen Sie und zeigen Sie mich als Betrüger an. Sie haben keine Beweise, man wird Ihnen nicht glauben, Sie für wahnsinnig erklären, in ein Irrenhaus sperren."

„Das wird man nicht," sagte sie, „denn ich habe Beweise."

Rodebaum zuckte zusammen, faßte sich aber schnell.

„Das ist nicht wahr, das kann nicht sein," rief er.

„Und doch ist es so," entgegnete Susanne mit eisiger Ruhe, „Sie haben allerdings das Testament, wodurch Sie enterbt wurden, vernichtet, aber es existiert ein anderes, ein Blatt Papier, auf dem Ihr Onkel mit zitternden Schriftzügen eigenhändig seinen letzten Willen niedergeschrieben hatte. Er kannte Sie und fürchtete mit Recht, Sie würden das Testament, welches in seinem Pulte lag, vernichten, wie Sie es auch gethan. Wissen Sie noch, wie ich Sie dabei überraschte, wie Sie mich beschworen, Sie nicht zu verrathen, wie Sie mir die glänzendsten Versprechungen machten, mir Schweigegeld boten. O Gott, und ich ließ mich durch Habgier verblenden und willigte ein, den Wunsch des Verstorbenen zu mißachten. Er hatte in meinem Beisein seinen letzten Willen geschrieben, hatte mir das Blatt übergeben, auf daß, falls durch einen Schurkenstreich das andere Testament verschwinden sollte, Leonie und Stephan doch der Erbschaft nicht verlustig würden. Ich habe das Vertrauen des Sterbenden getäuscht, habe eingewilligt, Ihre Mitschuldige zu werden. Das Blatt wurde von mir sorgsam aufbewahrt und ich werde es vorzeigen, so wahr mir Gott helfe!"

Wie erstarrt stand Rodebaum vor ihr. Seine Züge waren erdfahl geworden. Er vermochte nicht gleich zu antworten, als er jedoch zu sprechen begann, klang seine Stimme fremd und hohl.

„Ich erkläre mich für überwunden," sagte er, „und sehe ein, daß ich thun muß, was Sie verlangen. Gönnen Sie mir nur Zeit zur Flucht."

„Das habe ich versprochen und werde es auch halten," entgegnete sie.

Mit tief gesenktem Haupt verließ Rodebaum das Zimmer.

Wer ihn so gesehen hätte, ein Bild des Jammers und Entsetzens, würde in ihm kaum den bebäbigen, selbstbewußten, lächelnden Mann wiedererkannt haben, der allgemein als das Muster eines trefflichen, Wohlthaten spendenden Bürgers gerühmt wurde.

Des Abends hatte er aber seine volle Fassung wieder gefunden und erschien im Kreise der Stammgäste im „weißen Roß", freundlich lächelnd wie sonst.

Er betheiligte sich lebhaft an den Gesprächen über Politik und Communalangelegenheiten.

„Wie geht es Ihrer erkrankten alten Magd?" fragte nun der Doctor.

„Sie ist zu ihrer Freundin nach N** gereist," antwortete Rodebaum.

„Sie werden gewiß darüber erfreut sein," sprach der Gerichtsadjunct. „Hoffentlich bleibt die Alte ziemlich lang aus."

„Das stelle ich ganz ihrem Belieben anheim," entgegnete Rodebaum.

„Ihre Güte übersteigt wirklich alle Grenzen!" rief der Doctor.

„Was wollen Sie, meine Herren," sagte Rodebaum, „die arme Person kann nichts dafür, daß sie etwas hirnverbrannt ist."

„O, wären doch alle Menschen, wie Sie," sprach der Doctor.

„Unser allverehrter Freund Rodebaum soll leben!" rief einer der Anwesenden, sein Glas erhebend.

„Er lebe hoch, hoch, hoch!" tönte es ringsumher.

Die Gläser klirrten zusammen, der feurige Wein floß die Kehlen hinab.

Wochen waren seit diesem Abende verflossen und noch immer kehrte Susanne Stark nicht zurück.

Sie hatte, so erzählte Rodebaum, geschrieben, daß sie sich bei ihrer Freundin sehr wohl fühle und noch einige Zeit bei ihr verweilen werde.

Eines so ausgezeichneten Rufes, als sich Rodebaum auch erfreute, zieh man ihn doch der Launenhaftigkeit, als man erfuhr, daß er, der früher mit Hast alle Vorbereitungen getroffen, auf daß der Bau der neuen Villa ohne Verzug begonnen werde, jetzt plötzlich dem Baumeister kund-gegeben, er habe seinen Entschluß geändert und wolle erst in einiger Zeit die Arbeiten beginnen lassen. Geldmangel konnte man bei einem so reichen Manne nicht voraussetzen und so ließ sich denn die Handlungsweise Rode-baums schwer erklären.

Daß er ungewöhnlich reizbar und übelgelaunt sei, das konnten seine Dienstleute in neuerer Zeit nur zu gut bezeugen.

Bei dem geringfügigsten Anlasse schalt er sie aus und der Diener Jakob wußte gar viel davon zu erzählen.

So hatte dieser eines Tages nur seine Pflicht zu erfüllen gemeint, als er seinem Herrn mitgetheilt, daß er, als er in der verflossenen Nacht aufgestanden und an das Fenster getreten sei, eine dunkle, männliche Gestalt im Garten gesehen habe. Rodebaum sei, so erzählte Jakob, bei diesem Bericht in heftigen Zorn gerathen, habe ihn einen Feigling, einen albernen Tropf gescholten, der wohl in berauschtem Zustande etwas zu sehen gemeint, was gar nicht existiert.

Mochte auch Rodebaum nicht frei von Jähzorn und Launenhaftigkeit sein, so waren dies in den Augen seiner Mitbürger nur kleine Flecken, die das strahlende Bild des verehrten Mannes nicht schädigen konnten. So ausgezeichnet war der Ruf, den er genoß, so groß das Vertrauen, das man ihm darbrachte, daß er bei der Bürgermeisterwahl mit bedeutender Majorität gewählt wurde. Unter seinen Anhängern herrschte großer Jubel, er selbst war hocherfreut. Um dies ersehnte Ziel zu erreichen, um Popularität zu erlangen, hatte er bedeutende Summen für wohlthätige Zwecke ge-spendet, aber selbst jetzt, im Taumel befriedigten Ehrgeizes, konnte er die innere Stimme, die ihm zur Qual nie verstummte, nicht übertäuben.

Überall begleitete sie ihn und in den Augenblicken höchsten Triumphes tönte sie wie ein greller Mißklang in die Lobeshymnen, welche ihm ge-sungen wurden.

＊　＊　＊

Hans Erhart konnte sich nicht darüber trösten, daß er gezwungen gewesen, Haus und Garten, wo er seit seiner Kinderzeit gelebt, in fremde Hände übergehen zu lassen.

Nach einer Nacht, in welcher er von der glücklichen Zeit seiner Jugend geträumt, erfaßte ihn die Sehnsucht, einmal noch diese Räume zu betreten, in welchen er so schöne Stunden verlebt.

Kaum graute der Morgen, als er beschloß, sich auf den <u>Weg</u> zu machen. Um diese Zeit durfte er nicht befürchten, bei Ausführung seines Planes gesehen und von Leuten, die seine Gefühlsweise nicht verstanden, verlacht zu werden.

Er erinnerte sich, daß er noch im Besitz eines Schlüssels war, der ein von Gebüsch halb verborgenes Seitenpförtchen des Hauses aufschloß. Er steckte ihn zu sich. In den Garten zu gelangen, bot keine Schwierigkeit, denn die kleine Thür, die vom Walde her in denselben führte, hätte wohl ein Fremder nicht öffnen können, für ihn aber, der die Art des Verschlusses genau kannte, ergab sich keine Schwierigkeit.

Nun stand er in dem weiten Garten. Voll Wehmuth ließ er seine Augen durch die grüne Wildnis schweifen, in der kein Gärtner Unkraut gejätet oder zu üppig wucherndes Gesträuch beschnitten hatte.

Er kannte und liebte jeden Baum, der da sein grünes Laubdach ausbreitete und es that ihm das Herz weh bei dem Gedanken, wie bald hier alles verändert sein werde.

Langsam schritt er vor bis zu dem Haus.

Das Thor, welches in dasselbe führte, war verschlossen. Erhard begab sich aber nach der Rückseite des Gebäudes und schloß das Thürchen auf, das von außen durch Gebüsch versteckt, in das Innere des Hauses führte.

Ein eigenthümlich trauriges und doch süßes Gefühl ergriff ihn, als er sein altes Heim betrat. Er gieng von einem Raum in den anderen und rief sich in das Gedächtnis, was er hier erlebt.

Plötzlich wurde er durch einen völlig unerwarteten Anblick aus dem Versenken in Erinnerungen geweckt.

In eines der Zimmer tretend, sah er eine weibliche Gestalt auf dem Fußboden kauern. Sie hatte das Haupt auf die Brust geneigt und schlummerte. Neben ihr standen ein Wasserkrug und ein Teller mit Resten von Fleisch und Brot.

Ein Ausruf der Überraschung entfloh Erhards Lippen. Dadurch erweckt, fuhr die Alte wie elektrisiert in die Höhe.

„Gott sei Dank!" rief sie, „jetzt bin ich befreit und kann mein Unrecht wieder gut machen."

Sie lachte und weinte vor Freude. Plötzlich gieng ein Beben durch ihre Glieder.

„Lassen Sie uns keinen Augenblick länger hier bleiben," sagte sie flüsternd, als fürchte sie, von einem Lauscher gehört zu werden — „sonst kommt er, o·· er wäre fähig, Sie und mich umzubringen, wenn er keinen anderen Ausweg wüsste."

Erhard konnte aus den scheinbar wirren Reden der alten Frau nicht klug werden, aber als sie sich an seinen Arm klammerte und ihn sichtlich voll Angst fortzog, folgte er ihr ohne Widerrede aus dem Hause: ehe sie aber noch den Garten verlassen hatten, fühlte sie sich so schwach, dass sie nur auf den Arm ihres Begleiters gestützt, imstande war, seine Wohnung zu erreichen.

Dort sank sie erschöpft auf einen Sitz, aber nachdem Erhard sie durch etwas Wein gestärkt hatte, enthüllte sie ihm das furchtbare Geheimnis, welches so lang auf ihrer Seele gelastet. Sie erzählte, dass Rodebaum, als er ihren Entschluss, ihn des Betruges anzuklagen, vernommen, sie unter einem Vorwande in das Gartenhaus gelockt, sie dort eingeschlossen und ihr nächtlicher Weile Speise und Trank gebracht hatte.

*   *   *

Zur Feier der Bürgermeisterwahl fand bei Rodebaum ein Festessen statt. Die Wände des Speisesaales waren mit Pflanzen und Blumengruppen geziert, auf der Tafel prangte prachtvolles Porzellan, Glas und Silber. Köstliche Weine, auserlesene Speisen erfreuten die Gäste, unter welchen die heiterste Stimmung herrschte.

Auch Rodebaum schien trefflicher Laune zu sein und nur ein mit Scharfblick begabter Beobachter hätte bemerken können, dass seine Fröhlichkeit erzwungen war.

Eben erhob einer der Honoratioren sein Glas und begann eine kurze Rede, in der er die herrlichen Eigenschaften des neugewählten Bürgermeisters pries, als plötzlich zwei Gestalten eintraten, bei deren Anblick Rodebaums Züge sich mit Leichenblässe bedeckten.

Es waren Hans Erhard und Susanne. Aller Blicke wandten sich erstaunt nach den Beiden.

„Ich komme, um dem Schuft dort die Larve vom Gesicht zu reißen," sagte die alte Frau, auf Rodebaum weisend, „er hat zwei arme Waisen um ihr Erbtheil betrogen."

„Sie ist verrückt, total verrückt," stammelte der Herr des Hauses mit bebenden Lippen. „Hört nicht auf sie, fort mit ihr ins Irrenhaus!"

„Sie ist nicht wahnwitzig," sagte man Erhard vortretend, „sie hat mir alles mitgetheilt, nachdem ich sie in dem verlassenen Haus eingesperrt gefunden. Wenn sie irrsinnig wäre, wenn nicht Rodebaum ihre Aussagen fürchten müßte, warum hätte er sie in das alte Gebäude gelockt und dort eingeschlossen? Warum hätte er sich der Aufgabe unterzogen, ihr bei Nacht Speise und Trank zu bringen?"

Der neue Bürgermeister machte ein Zeichen, daß er sprechen wolle, blickte wild um sich und sank bewußtlos auf seinen Stuhl zurück.

Allgemeine Verwirrung entstand, man brachte Rodebaum zu Bett und sandte nach einem Arzt.

Erst nachdem dies geschehen war, wandte sich wieder die Aufmerksamkeit der Versammelten dem seltsamen Paare zu, das durch sein Erscheinen eine so unheimliche Störung verursacht hatte.

Jetzt erst erfuhren sie im Zusammenhange, was sich begeben.

Rodebaum erholte sich bald von seinem Ohnmachtsanfall. Er wurde in Haft genommen.

Von unbestreitbaren Beweisen seiner Schuld bedrängt, legte er ein umfassendes Geständnis ab.

Susanne Stark überlebte nicht lange ihre Befreiung aus der Gefangenschaft im verlassenen Hause.

Es war, als habe die schwache Lebensflamme nicht eher erlöschen sollen, als bis das düstere Geheimnis enthüllt war und den rechtmäßigen Erben ihr Eigenthum zurückgegeben wurde.

Während Rodebaum im Strafhause für sein Verbrechen büßt, waltet ein junges, glückliches Ehepaar, Stephan und Leonie, in dem Hause, in dessen Besitz sich Rodebaum betrügerischer Weise gesetzt.

Sie wenden den Reichthum, der ihnen zutheil geworden, gut an und sind die Wohlthäter der Armen, aber sie thun es nicht, wie ihr Vorgänger, um äußere Ehren zu erreichen, sondern aus christlicher Liebe.

Dem alten Mann, der Susanne befreit hatte, haben sie sein ehemaliges Haus und den Garten eingeräumt, auf daß er den Rest seines Lebens an der ihm theueren Stätte zubringen könne.

Stephan und Leonie waren frei von Ehrgeiz, Habgier und Gewissensqual, wo früher böse Leidenschaften ihr Spiel getrieben, herrschten jetzt Herzensreinheit, Gottesfurcht, Gottesfrieden.

Inhalt.

www.ingramcontent.com/pod-product-compliance
Lightning Source LLC
Chambersburg PA
CBHW030010030726
47499CB00008B/2984